CHRISTOPHE COLOMB

Vie Populaire

par la V^{tesse} Simard de Pitray

née de Ségur

Paris
Librairie St-Joseph
Tolra éditeur
112 bis Rue de Rennes.

CHRISTOPHE COLOMB

Propriété de l'Editeur,

CHRISTOPHE COLOMB

Vie Populaire

par la V^tesse Simard de Pitray
née de Ségur

Paris
Librairie St-Joseph
Tolra éditeur
112 Rue de Rennes.

AVIS DE L'ÉDITEUR

Cette brochure populaire que nous offrons aux catholiques du monde entier, destinée à faire briller d'un nouvel éclat le vénéré nom de Christophe Colomb, sera vendue au profit du RACHAT DES LIEUX SAINTS, Lieux cent fois bénis que le généreux RÉVÉLATEUR DU GLOBE voulait reprendre par les armes aux Musulmans et donner à la Chrétienté, grâce aux immenses richesses découvertes dans le Nouveau-Monde.

Ce que le saint Navigateur n'a pu faire de son vivant, nous, catholiques, nous pourrions le faire aujourd'hui, comme l'a démontré si éloquemment M. Passama après une étude approfondie de la question. Il faudrait, dit-il, trois cents millions pour racheter les Lieux Saints et rendre la paix à l'Europe. Que les catholiques du monde entier s'entendent donc, et bientôt cette somme sera trouvée!

En attendant qu'une voix plus puissante et plus autorisée que la nôtre pousse cet appel suprême de DIEU LE VEUT! DIEU LE VEUT! *et porte en avant dans un élan généreux les foules chrétiennes, nouveaux croisés pacifiques de ce dix-neuvième siècle, à la conquête des Lieux Saints, nous sommes heureux, dans notre petite sphère, de donner une preuve nouvelle de notre attachement inébranlable aux grandes, nobles et saintes causes.*

CHRISTOPHE COLOMB

VIE POPULAIRE

AVANT-PROPOS

Lorsque l'on découvrit dans les catacombes de Rome les corps des grands martyrs, on exhuma aussi leur histoire de l'oubli lugubre dans lequel étaient laissées ces existences admirables. Le pieux et savant comte Roselly de Lorgues a fait de même pour la mémoire de Christophe Colomb. Sur l'ordre du vénéré Pape Pie IX, il écrivit la vie de cet incomparable serviteur de Dieu et son livre superbe donna l'éveil à l'humanité tout entière.

Loin de nous, l'idée de nous servir de son texte pour en enrichir ces modestes pages! Le

1.

Tacite catholique n'a été que trop mis à contribution par des écrivains sans vergogne. Nous nous contenterons de le suivre à grands pas dans le sommaire de ses chapitres, racontant avec brièveté les faits les plus saillants d'une existence inouïe, faits qui mettent en lumière des vertus hors ligne. Humblement prosternée devant Dieu, celle qui écrit ces lignes implore du Saint-Esprit Ses divines lumières pour ne dire que ce qu'il faut et comme il le faut.

Un naufrage le jeta sur les côtes du Portugal. (Page 12.)

Né à Gênes en 1435 de parents de noble naissance, mais pauvres et subsistant du travail de leurs mains, Christophe Colomb reçut d'eux néanmoins le trésor par excellence : celui de l'éducation profondément chrétienne et des vertus enseignées par la pratique. Ses frères

Barthélemy et Jacques se montrèrent dignes de lui ; un autre frère, Pellegrino, mourut jeune. Sa sœur, mariée à un artisan, eut une vie humble et cachée.

Tout jeune, Christophe aima la mer. A quatorze ans, il s'embarquait, et dès lors ce fut une succession ininterrompue de croisières et de combats vaillants quoique obscurs. Disonsle avec fierté, il servit la France dans la personne du bon roi René. Ainsi s'écoulait cette vie rude, solitaire et méritante du chrétien gentilhomme, dont les goûts délicats aimaient le régime cénobitique et alliaient avec grâce les parfums et les fleurs aux durs labeurs du marin. D'une recherche exquise de propreté, Colomb était en outre d'une frugalité remarquable, préférant les aliments légers et les fruits de la terre aux viandes, de même qu'il s'abstenait de vin, pour lui substituer de l'eau additionnée de citron ou de fleur d'oranger. Il va sans dire que ce ferme chrétien vivait selon les lois de Dieu et avait en horreur les désordres et les paroles grossières ainsi que les propos obscènes.

Un naufrage le jeta, à l'âge de trente-deux

ans, sur les côtes du Portugal. Echappé miraculeusement au désastre, il eut la douce joie de retrouver à Lisbonne son second frère, Barthélemy, qui y exerçait ses talents comme travailleur de cartes marines.

Le pays où Colomb se trouvait était très préoccupé des choses de la mer et même de découvertes. Aussi, l'infant don Henrique puis le roi Joam II distinguèrent-ils vite le nouvel arrivant.

Un mariage aussi honorable que chrétien sembla alors fixer Colomb dans ces parages. Il épousa la pieuse et charmante doña Felippa de Perestrello. Un voyage dans une île où sa jeune femme avait une petite propriété concentra l'attention du sérieux officier de marine sur des épaves qui lui prouvaient combien ses idées de Découvertes devaient être poursuivies et favorisées. Dès lors, quoique naviguant encore de côté et d'autre, Colomb n'a plus qu'un but : franchir l'immensité pour pénétrer le mystère qu'il veut dégager de ses voiles; car, pensée sublime! il voulait se substituer aux Croisés découragés et réaliser leur but par le

rachat ou la conquête du Saint-Sépulcre, grâce
aux trésors qu'il désirait conquérir au loin.

Joam II, séduit par la grandeur des vues de
Colomb, voulut s'entendre avec lui; mais un
conseil fatal l'entraîna dans une combinaison
machiavélique de nature à voler à Colomb son
plan, sa gloire et son projet. La Providence ne
permit pas cette abominable fraude. Le navire
envoyé sournoisement par le roi pour exécuter
ce formidable voyage revint piteusement au
port, l'équipage effrayé ayant exigé le retour.
On avait pu voler à Colomb plan et cartes; on
n'avait pu lui dérober son génie et sa mission
providentielle. Averti par la rumeur publique,
le pieux Navigateur fut d'autant plus frappé au
cœur par ce coup lâche et cruel qu'il pleurait
sa douce compagne, morte prématurément en
lui laissant un gage de sa tendresse, un fils qui
le consolait en pleurant avec lui, sa petite tête
cachée dans la poitrine de l'affligé.

Pour éviter de nouvelles perfidies, Colomb
réalisa à la hâte ses modestes ressources et
partit pour Gênes avec son enfant. Après avoir
eu la douceur de revoir son excellent père, l'é-

nergique marin songea au noble dessein qu'il avait à cœur de voir adopté par sa patrie ; mais là, comme plus tard à Venise, il échoua dans sa demande, et cela à deux reprises. Il songea alors à la Reine-chevalier, dont le nom se redisait avec admiration dans la catholicité, à la noble Isabelle, *roi* de Castille, tandis que son époux Ferdinand régnait, lui, sur l'Aragon.

Colomb repartit donc pour l'Espagne avec le petit Diégo, se confiant dans son Dieu, dans Celui qu'il appelait avec un amour respectueux : *Sa Haute Majesté*, espérant en Lui pour réussir dans son idée géniale.

Ici, à vrai dire, commence sa vie publique en Espagne, cette vie qui est une formidable série de labeurs gigantesques, de revers effroyables et de vertus surhumaines. Le saint ambassadeur de Dieu fut à la hauteur de son divin Maître, et, à Son exemple, il gravit le Golgotha qui lui avait été préparé, sans jamais récuser ni une épreuve ni une douleur.

Ses quatre voyages de Découvertes, mystérieux comme sa vie, peuvent être désignés sous les noms suivants :

Gloire,

Labeurs,

Souffrances,

Martyre.

Chacun d'eux accentue ses vertus, prodigieuses comme sa mission. Nous l'y suivrons, après avoir constaté avec admiration sa patience héroïque pour arriver à son but admirable.

...Car pour parvenir à la Reine Isabelle, pour s'en faire écouter, pour lui faire admettre son projet sublime, il fallut au saint génie de longues, longues années remplies de dégoûts, de refus, de souffrances, de rebuts à subir... que sais-je encore? La coupe de toutes les amertumes connues fut épuisée par lui, sans qu'il songeât à s'en plaindre ni à s'en révolter. Grâce au Ciel, quelques gouttes de miel s'y glissèrent, et nous en avons pour preuve la façon aussi étrange que charmante dont Colomb fit la connaissance du prieur franciscain Juan Pérez de Marchena. Voici un nom qu'il faut saluer avec autant de respect que d'admiration, car il rappelle ce que fut l'ami fidèle du saint Navigateur.

Après avoir eu la douceur de revoir son excellent père. . (Page 14.)

Humblement caché dans le monastère de la Rabida près de Palos, au bord de l'Océan, sur une montagne sauvage comme une colombe du ciel dans un nid d'aigle, le Religieux vit arriver un jour dans cette solitude un voyageur qu'accompagnait un pauvre petit enfant épuisé de fatigue et de besoin. Non content d'accueillir avec une bonté charmante ceux qui s'étaient égarés de leur route, le Franciscain les interrogea, et bientôt les réponses lumineuses de l'Inconnu, qui n'était autre que Colomb, saisirent l'âme ardente du P. de Marchena et lui révélèrent ce qu'était cet envoyé de la Providence. Colomb, retenu par le Prieur, fut traité par lui comme un ami et comme un frère. Le petit Diégo resta au monastère pour y faire son éducation, sur les instances généreuses du Franciscain, et le saint Navigateur partit pour Cordoue.

Alors commença cette vie torturante dont nous avons parlé plus haut. Lenteurs, décisions contraires prises par les savants assemblés en *junte*, refus successifs de grands seigneurs espagnols auxquels Colomb soumettait son projet : rien ne fut épargné à l'ambassadeur d'un Dieu crucifié! Au milieu de ces douleurs incessantes de toute sorte, Colomb eut la douce surprise de se voir aimé et compris par une pieuse, belle et noble jeune fille de grande race, doña Beatrix Enriquez, de l'illustre maison des Arána. L'attachement fut réciproque, et le mariage de ces deux âmes admirables fut béni de Dieu. Un fils naquit de leur union contractée en 1486 et, plus tard, ce doux Fernando fut la gloire et la consolation de son père malheureux et persécuté.

Plusieurs hommes de cœur et de talent appuyaient le projet de Colomb. C'étaient : Mgr Antonio Géraldini, l'ancien nonce apostolique; le cardinal Mendoza, Diego de Deza, Antonio de Quintanilla et Luiz de Santangel. La grande Isabelle était frappée comme eux de la hauteur des vues de Colomb, de sa magnifique intelligence, de sa piété ardente et de sa foi profonde; mais les événements, la guerre avec les Maures, entre autres, l'entravaient dans son désir de s'entendre avec le saint Navigateur. Le Roi Ferdinand, froid, faux, circonspect, démesurément cupide, haineux, envieux et jaloux du mérite, lui nuisait systématiquement dès cette époque. L'indigne époux d'Isabelle fut le mauvais génie de Colomb.

Tour à tour, le duc de Medina-Sidonia et le duc de Medina-Cœli accueillirent, puis abandonnèrent Colomb ainsi que son projet de Découvertes. Le dernier, néanmoins, n'y renonça qu'en faveur de la Reine, laquelle lui sut gré de cette déférence. Une intervention chaleureuse du P. de Marchena fit mander Colomb par Isabelle ; les exigences toutes royales du saint Navigateur stupéfièrent les commissaires de la cour chargés de traiter avec lui et le grand homme s'éloigna, l'âme broyée, mais ne voulant rien céder de ses demandes car, pour lui, l'or et les dignités ne représentaient que la puissance nécessaire pour la délivrance du Saint-Sépulcre.

Ce fut alors que se passa une scène sans exemple dans l'histoire.

Accourus près de la Reine, Alonzo de Quintanilla et Luiz de Santangel montrèrent la noblesse de leur caractère par l'intrépidité de leur franchise. Tandis que leurs plaintes respectueuses se mélangeaient de justes reproches, le P. Juan Perez, prosterné dans la chapelle royale à quelques pas réalisait, par la violence de ses supplications, le mot sublime de sainte Térèse : « La prière, tout obtient. »

... Car un rayon lumineux brille soudain dans les yeux de la grande Isabelle. Elle s'écrie, se redresse, affirme sa volonté et donne l'ordre de rappeler Colomb...

C'en était fait ! La Reine avait dit : « Je veux ! »

Dans un élan incomparable de foi et d'amour pour les âmes que l'ambassadeur de Dieu allait découvrir pour les sauver, Isabelle la Catholique se dépouille alors de ses bijoux pour subvenir aux frais de cette sainte Entreprise.

Pour l'organiser, ce fut une lutte d'un autre genre à soutenir. C'était à Palos que se préparait la flottille destinée à faire ce voyage immense. La terreur des marins fut égale à celle de la population, lorsqu'ils apprirent que l'on voulait leur faire franchir cette masse liquide appelée alors *la Mer ténébreuse*. Les savants la désignaient ainsi, et les cartes ajoutaient à l'effroi populaire par les images terribles qui y figuraient pour la représenter. Les Arabes la dépeignaient sous la forme d'une main hideuse autant que formidable, s'étendant comme une griffe infernale pour saisir les vaisseaux et les entraîner dans l'abîme.

Sans le P. de Marchena, la population se fût révoltée après s'être dérobée aux injonctions réitérées du commissaire royal, Juan de Peña-sola; mais alors, le peuple chrétien ne méconnaissait pas la sainte affection qui portait les Religieux, et surtout les Franciscains, ces anges de la pénitence en action, à l'éclairer pour le sanctifier. Le P. Juan Perez de Marchena fut, en ces circonstances mémorables et difficiles, l'agent de la Providence. Par ses soins, les esprits furent calmés; et tandis que Colomb, saintement absorbé dans la prière et la retraite, le laissait maître de la situation, les frères Pinzon, armateurs et capitaines, furent amenés par le Religieux à prendre part à l'Expédition et à aider de leur bourse le saint Navigateur pour les dépenses qui lui incombaient.

Trois caravelles (nom donné à certains vaisseaux de cette époque, lesquels étaient propres à un voyage de Découvertes) devaient être les instruments par lesquels Colomb allait, suivant la convention solennelle signée par *les rois* (Ferdinand et Isabelle, désignés ainsi par leurs sujets), par lesquels, disons-nous, Colomb allait devenir, en cas de réussite :

Vice-roi,

Gouverneur général des îles et Terre ferme découvertes,

Et grand-Amiral de la mer océane.

Ses dignités devaient être transmises héréditairement dans sa famille, par droit d'aînesse.

Il devait, en outre, recevoir royalement la dîme de toutes les richesses, perles, diamants, or, argent, parfums, épices, fruits et productions quelconques découvertes ou exportées dans les régions soumises à son autorité.

Les trois caravelles, commandées par Colomb et les deux frères Pinzon, s'appelaient : l'une, *la Niña* (la petite), fine voilière; l'autre *la Pinta*, et la troisième, *la Santa Maria*. Cette dernière était montée par Colomb, qui en était le commandant.

Après avoir solennellement entendu la sainte messe et y avoir communié avec les équipages et les pilotes (nom donné alors aux officiers de marine qui ne commandaient pas en chef), le saint Navigateur retourna dans sa cellule de la Rabida pour y attendre un vent favorable tandis que les navires, prêts au départ, gardaient sur leur bord les marins consignés à cette intention.

Ce fut le 3 août, un vendredi, jour particulièrement honoré par Colomb que, vers trois heures du matin, le murmure émouvant de la brise éveilla l'ambassadeur de Dieu et l'avertit que l'heure providentielle avait sonné! Au milieu du silence et du calme de la nature endormie, Colomb, prosterné dans la chapelle, y assista à la célébration des saints Mystères par son pieux ami, à une intention surhumaine : celle de la Découverte qui allait doubler l'espace de monde connu...

Puis tous deux se rendirent au port et le saint Navigateur s'y embarqua, au milieu

Le religieux vit arriver un jour dans cette solitude un voyageur... (Page 18.)

d'une émotion populaire impossible à rendre.

Monté à bord, l'illustre chef de la flottille salua courtoisement, avec un calme plein de grandeur, la foule frémissante, et sa main envoya un dernier adieu à l'ami fidèle qui restait sur le rivage, ému à en pleurer...

... Les voyages géniaux et crucifiants commençaient. Il en fallut quatre pour donner à Colomb le souvenir en action des branches de la croix de Jésus, et faire de lui l'image vivante du Roi des martyrs, tandis que son nom prédestiné incarnait en son génie l'Esprit divin, l'Envoyé consolateur promis par le Christ aux âmes ignorantes, afin de les illuminer pour la vie éternelle !...

PREMIER VOYAGE

La flottille allait affronter l'inconnu, la terrible *Mer ténébreuse*, et se rendre dans des parages situés à une distance qui devait être formidable... Les équipages, hantés par ces pensées sinistres, devinrent vite sombres et même épouvantés. Un premier péril avait été écarté par une protection vraiment providentielle, dont Colomb remercia la Bonté divine ; il ne s'agissait de rien moins que d'éviter les vaisseaux du roi Joam II, en croisière pour s'opposer au passage de la flottille. Le saint Navigateur put déjouer leur vigilance, la brise ayant succédé à un calme dont s'effrayaient avec raison les marins.

La traversée continua donc son cours, rapide

et silencieuse, sauf le soir, où les hymnes à la Vierge immaculée, tant aimée par l'ambassadeur de Dieu, retentissaient dans les solitudes majestueuses de l'immensité mouvante. Des beautés incessantes ravissaient la grande âme de Colomb sans parvenir à dissiper les inquiétudes des équipages. Les influences tropicales les effrayaient autant qu'elles charmaient le saint Navigateur. La déviation de la boussole augmenta les craintes; le génie du Commandant eut beau les rassurer par des explications lumineuses, les marins retombèrent vite dans leurs terreurs, et il ne fallut rien moins qu'un changement de brise pour calmer leurs appréhensions sur le retour, la persistance providentielle du vent favorable leur donnant à penser qu'il en serait toujours ainsi dans ces parages. Colomb remercia son divin Maître de les détromper par ce changement de brise, mais il avait vite compris la nécessité de se taire sur les distances parcourues, et il garda pour lui seul ces indications, de nature à redoubler les terreurs.

Sa persistance à diriger les navires dans une

direction autre que celle souhaitée par les frères Pinzon, hostiles, jaloux et grossiers, surtout l'aîné des capitaines, changea le mécontentement effrayé en colère sourde toujours grandissante. On traversait alors une mer d'herbes immense, phénomène qui épouvantait les marins. Bientôt des murmures, puis des menaces se firent entendre. Parti le 3 août, on avait passé ce mois et septembre à naviguer sans relâche; octobre était commencé, et rien n'annonçait la fin de ce voyage terrifiant! Une fausse joie avait servi à changer l'attente anxieuse en colère découragée. Bientôt la peur tourna au délire. Un complot meurtrier s'organisa et, le 10 octobre, les équipages, encouragés par l'inertie secrètement favorable de leurs officiers, se mirent en pleine révolte et se portèrent tumultueusement chez Colomb qui, infatigable comme à son habitude, veillait sur la marche des vaisseaux et observait jour et nuit le ciel et les eaux, ne se délassant que par la prière et l'office franciscain, car il était Tertiaire.

La généreuse bonté de l'ambassadeur de

Dieu se tut sur cette révolte criminelle mena-
çant sa vie avec audace. C'est par les coupables
seuls que l'on sut la vérité au sujet de ce danger mortel. Armé de la force d'En-Haut, celui
que le comte Roselly de Lorgues appelle avec
raison *le Révélateur du globe*, sut triompher
des factieux, leur en imposer et leur intimer
victorieusement sa ferme et persévérante volonté. Dieu récompensa cette foi intrépide, et
le lendemain 11, des signes rassurants et multiples annoncèrent l'approche de la terre. Le
soir, Colomb, rassemblant les marins, leur
parla avec la bonté touchante qui caractérisait
ce saint Vincent de Paul du Nouveau Monde
et il leur annonça prophétiquement, avec une
assurance inouïe, que le lendemain ils seraient
arrivés à leur but, les engageant à veiller et
surtout à prier !

Comme toujours, il leur en donna l'exemple
et la nuit se passa pour lui à rendre grâces au
Seigneur et à se préparer humblement aux
émotions profondes du lendemain. A dix heures
du soir, il avait déjà aperçu par intervalles une
lumière qui lui révélait la proximité de la

La grande Isabelle était frappée de la hauteur des vues
de Colomb... (Page 19.)

terre. Pedro Guttierrez, officier de la maison du Roi, appelé par lui, constata aussi cette lueur. Sur les trois navires, tous attendaient, le cœur battant...

... A deux heures du matin, le canon gronde; c'est *la Pinta* qui avertit ainsi de la découverte de la terre, aperçue par un de ses matelots, Juan Rodrigez Bermejo. Des cris de joie répondent à cette détonation, chant de triomphe de la civilisation apparaissant dans ces régions sauvages et Colomb, tombant à genoux, les mains levées au ciel, pleurant de reconnaissance autant que de joie, se prit à chanter le *Te Deum Laudamus;* ses marins y répondirent avec enthousiasme.

Le Nouveau Monde... une Terre vierge! Que de beautés mystérieuses à y admirer! Tout en se préparant à la solennité de la prise de possession, les équipages regardaient curieusement l'île découverte qui se laissait voir dans toute la splendeur de sa nature tropicale. Cette verdure vigoureuse, ces arbres superbes, ces mille espèces de fruits savoureux et de fleurs éclatantes éblouissaient les Espagnols et leur faisaient enfin comprendre la grandeur du projet conçu par Colomb.

Quant à l'ambassadeur de Dieu, il rayonnait d'une joie sainte ; celle de l'âme qui s'identifie au Sauveur pour le salut des autres. Richement vêtu, portant haut le saint Étendard de l'expédition qui représentait selon ses ordres l'image de Jésus crucifié, il alla vers cette terre superbe, suivi de ses capitaines en grande tenue et accompagné d'une partie des équipages. Là, il voulut s'humilier pour mieux rendre grâces à l'Auteur de tout bien et ce fut prosterné, baignant de ses nobles larmes la terre que le Christ lui avait fait découvrir qu'il remercia avec effusion Sa Haute Majesté, tandis que ceux qui l'accompagnaient, vivement émus de son humilité si touchante, suivaient son exemple et, à genoux, levaient en l'air leurs crucifix pour unir leur religieuse gratitude à celle de leur admirable chef.

Ce fut alors que du cœur enivré de Colomb jaillit cette prière, écho divin d'une joie qui n'était pas de la terre.

« O Seigneur ! s'écria-t-il ; Dieu Éternel et

Tout-Puissant qui, par Ton Verbe sacré, as créé le firmament et la terre et la mer ! Que Ton Nom soit béni et glorifié partout, qu'Elle soit exaltée, Ta Majesté Qui a daigné permettre que par ton humble serviteur, Ton Nom sacré soit connu et prêché dans cette autre partie du monde !... »

Cette île, la première découverte par le Révélateur du globe, fut offerte par lui à Jésus-Christ ; puis, glorifiant Dieu de la lui montrer après l'avoir sauvé de tant de périls, il l'appela du nom béni de *Saint-Sauveur* (San Salvador).

Les formalités de prise de possession au nom de la Castille étant ensuite accomplies, Colomb fut reconnu et salué par tous comme grand Amiral, Vice-roi et Gouverneur général. Plusieurs y ajoutèrent spontanément leurs excuses repentantes, ainsi que la promesse d'être désormais dévoués et fidèles.

Une grande croix fut érigée sur le rivage, car Colomb avait à cœur de la faire briller aux yeux des indigènes partout où Dieu voulait l'envoyer. Ce fut alors que les naturels du pays, surmontant leur frayeur pour satisfaire leur curiosité, parurent peu à peu timides et respectueux, examinant avec surprise ces êtres barbus, chose inouïe pour eux que la nature a fait imberbes ! Après s'être prosternés devant eux, ils les entourèrent, les palpant avec une naïveté qui les faisait sourire. Les marins, à l'exemple de l'Amiral, furent bons et complaisants pour ces enfants des régions sauvages.

Colomb reprit ensuite le cours de ses glorieuses Découvertes, en emmenant avec lui sept indigènes pour les présenter aux Rois et les instruire dans la foi chrétienne avant de les rapatrier ; il se trouvait alors devant des multitudes d'îles, plus charmantes les unes que les autres. *Sainte Marie de la Conception* fut la première nommée après San Salvador. Ne lui fallait-il pas rendre hommage à l'Immaculée pour attester ainsi la grandeur et la vivacité de sa foi ? Puis vint le tour de celle qui dut se nommer l'*Isabelle*. Arrivé devant une terre immense où il contemplait des beautés plus merveilleuses que celles déjà admirées par lui, il resta comme anéanti devant le spectacle que Dieu daignait offrir à son regard ébloui, splendeurs virginales que l'œil du chrétien contemplait pour la première fois depuis la création. Cette merveille fut appelée *Juana* par Colomb. Son nom définitif fut Cuba, dont les beautés séculaires sont renommées à juste titre et lui valent le fier surnom de Reine des Antilles. Observateur autant que chrétien, le vice-roi ne laissait rien échapper et son œil d'aigle savait mettre à profit chaque minute de ce voyage incomparable. Une riche réunion d'îles lui fit appeler ces beaux parages la *Mer de Notre-Dame* ; ce fut alors que la honteuse et coupable désertion de l'aîné des frères Pinzon, capitaine de *la Pinta*, sépara cette caravelle des deux autres navires, en affligeant le cœur si bon de l'Amiral. La vue de *Port-Saint*, une des merveilles de Cuba, le consola en excitant son ardente admiration. Il lui fallut faire un effort puissant pour ne pas s'attarder à contempler ces sites admirables et à parcourir leurs paysages enchanteurs. Une grande croix y fut érigée comme un pieux souvenir de cette visite de l'ambassadeur de Dieu.

Hélas ! pourquoi faut-il que la douleur et la

Puis tous deux se rendirent au Port... (Page 24.)

3

férocité apparaissent, là où semblent ne devoir régner que la paix et la joie innocente? Les Caraïbes anthropophages ou cannibales (mangeurs d'hommes), désolaient ces beaux parages en y décimant les paisibles indigènes. Colomb découvrit promptement ces atrocités et sa grande âme, d'abord indignée de telles horreurs, rendit grâces au Ciel d'être à même d'y faire mettre un terme et de préserver les corps en sauvant les âmes. Partout il érigeait des croix, faisant prier le bois là où il ne pouvait encore installer les prêtres du Christ. Après avoir baptisé un cap du gracieux nom de *l'Etoile*, en l'honneur de la Vierge, *Stella Maris*, il appela une île *Saint-Nicolas* et une autre terre extrêmement grande, belle et féconde, *Hispañola;* c'est celle qui se nomme aujourd'hui Saint-Domingue. Le Vice-roi y vit comme partout la douce population indigène empressée, serviable et respectueuse pour ceux qu'elle appelait naïvement : « les hommes descendus du Ciel. » Les Caciques, Rois du pays ainsi nommés par les habitants, se montrèrent aussi favorables que leurs sujets pour les nouveaux venus. L'un d'eux, Guacanagari, fut particulièrement aimable et empressé pour l'Amiral et les siens. Ces bonnes dispositions étaient providentielles, car une négligence résultant des fatigues excessives éprouvées par les marins fit échouer *la Santa-Maria* sur laquelle commandait Colomb. Le Seigneur permit que ce malheur fût atténué au point de ne rien laisser perdre de ce que contenait le bâtiment ; les marins qui le montaient ayant témoigné le désir de rester à Hispañola pour la coloniser, le Vice-roi se prêta à leurs desseins, voyant dans cet événement le doigt de Dieu. Avec l'aide du dévoué Guacanagari et de ses sujets, tout fut préservé, organisé, puis l'Amiral ayant laissé à ceux qui restaient dans le fortin élevé par ses soins tout ce qui leur était nécessaire pour leurs travaux et leurs négoces, y joignit des recommandations sages et précises, donnant pour chef aux colons Diégo de Arana, cousin de doña Béatrix, que ses qualités et ses capacités rendaient digne de ce poste de confiance. Il s'éloigna ensuite sur *la Niña,* laissant le bon et affectueux Cacique tout en pleurs, car sa nature candide et loyale s'était attachée avec passion à l'ambassadeur de Dieu dont il devinait la grandeur et la sainteté.

Colomb était si bon pour les Indiens! Il aimait si paternellement ces populations naïves et simples qui se pressaient avec confiance autour de lui comme le Père de leurs âmes envoyé par le ciel. L'Amiral devait néanmoins s'éloigner sans retard pour regagner la Castille et y rendre compte aux Rois des magnifiques résultats de son prodigieux voyage.

La Mer ténébreuse sembla tenir à honneur de mériter son nom, car sitôt après avoir malignement forcé la brise à rapprocher le déserteur Martin Alonzo Pinzon de *La Niña* (ce qui obligea ce traître à venir trouver le Vice-roi et à entasser mensonges sur mensonges pour expliquer sa conduite, excuses que Colomb eut la magnanimité de ne pas repousser) après ce rapprochement forcé, disons-nous, le voyage devint vite terrible. Une succession de tempêtes sépara les caravelles et l'Amiral, d'accord avec son équipage désespéré, fit successivement quatre vœux à la Vierge, pour obtenir d'Elle protection et salut. Les infortunés furent entendus. Quand donc la Reine du ciel, cette Mère par excellence, a-t-Elle été sourde à un appel suppliant d'affligé?

Poussée vers sainte Marie des Açores (où le saint Navigateur eut à se garer des manœuvres perverses par lesquelles le gouverneur portugais de l'île essaya de faire échouer la caravelle pour se saisir de Colomb) et après y avoir excité la stupeur et l'admiration générales en disant d'où venait ce petit bâtiment désemparé mais toujours courageux, *la Niña* reprit sa course au milieu de l'ouragan tenace et furieux.

Les ruines s'amoncelaient sur les rives, cette année-là, car l'Océan rugissait sans relâche, semant le deuil et la mort avec une persistance effroyable. *La Mer ténébreuse* se débattait, exaspérée d'être vaincue par l'ambassadeur de Dieu, et le dernier effort de sa rage fut de jeter la caravelle dans le Tage, c'est-à-dire entre les mains de Joam II, si irrité de n'avoir pu ressaisir le projet de Découvertes!

Le calcul satanique fut déjoué. Le Roi de Portugal était chrétien et avait l'âme généreuse.

Son admiration pour le Révélateur du globe le lui fit accueillir avec des honneurs royaux et repousser avec horreur les propositions abominables de ceux qui osèrent rêver l'assassinat de Colomb.

Des dépêches furent envoyées aux Rois par l'Amiral, puis il quitta Lisbonne, comblé par Joam II des marques les plus flatteuses de sa considération et le petit navire, guidé par la Providence et protégé par la Vierge bénie, aborda heureusement à Palos, là même d'où il était parti.

En apercevant le saint Étendard triomphant, les habitants désolés passèrent en un instant de l'abattement au délire de la joie. Lorsque l'équipage, qui était de Palos, descendit à terre, la foule voulait se saisir de ses glorieux enfants, mais l'Amiral ne le permit pas, sa pieuse loyauté exigeant que l'un des quatre vœux faits dans le péril fût exécuté fidèlement; il consistait à se rendre à l'église la plus proche de l'endroit abordé, afin d'y remercier l'Étoile de la mer.

Quelle émotion pour tous en voyant l'équi-

Richement vêtu, portant haut le saint étendard de l'expédition .. (Page 33.)

page accomplir sa promesse nu-pieds et en
chemise, suivant la teneur du vœu ! Tendre-
ment délicate dans Sa sollicitude, la Vierge
avait choisi la chapelle de la Rabida pour S'y
faire remercier par l'ambassadeur de Son divin
Fils, et ce fut le Père Juan Perez de Marchena
qui eut le bonheur indicible d'être désigné par
Elle pour rendre grâces de ce retour inespéré,
de ce succès prodigieux !

A côté de cette marque éclatante de la Bonté
divine, la Justice suprême ramena dans le port
la Pinta. Martin Alonzo Pinzon, qui avait rêvé
de supplanter Colomb après l'avoir trahi et qui
avait osé écrire aux Rois pour s'attribuer la
gloire de la Découverte, resta saisi en apercevant *la Niña* et son Étendard acclamé de tous !
Il s'enfuit et se cacha, dévoré de rage et de
honte. La réponse foudroyante qu'il reçut de
la grande Isabelle acheva de l'anéantir. Con-
sumé par la fièvre il succomba, victime de ses
funestes passions.

La lettre royale qui accusait réception des
dépêches envoyées par Colomb saluait le saint
Navigateur des titres si noblement gagnés par

lui et sa rencontre avec les Rois se fit à Barcelone, après une marche triomphale au milieu des populations affolées d'enthousiasme. Ce fut un rêve réalisé, alors surtout que dans une splendeur qui faisait ressortir la perle de la Castille et l'envoyé du Christ, la foule entendit le modeste triomphateur raconter avec calme les péripéties de ce voyage incomparable... Arrivé au moment où il présenta aux rois les naïfs Indiens ramenés par lui pour devenir chrétiens, l'élan de sa foi secoua l'immense assemblée de ce frisson électrique qui provoque l'extase et unit le Ciel à la terre. Tous, les yeux en pleurs, tombèrent à genoux, réalisant le vœu du Sauveur, alors qu'Il dit avec amour: Venez à Moi!...

DEUXIÈME VOYAGE

Les Rois, ainsi que Colomb, avaient hâte de voir se faire une seconde expédition sur des bases plus larges. Isabelle agissait pour Dieu et la foi; Ferdinand la laissait faire, à cause des richesses et des vastes territoires découverts. Le Roi néfaste et ingratement hostile à Colomb sut faire choisir à .la Reine comme ordonnateur de la marine un evêque-courtisan, Juan de Fonseca, qui fut l'instrument servile des passions mauvaises animant son déplorable maître. Le Vice-roi fut donc dès les premiers instants entravé dans ses efforts d'organisation. Il avait, heureusement pour lui, l'aide intelligente et dévouée de son jeune frère Jac-

ques qui lui avait été envoyé par son père sur
sa demande, afin de le seconder dans sa tâche
immense. Le modeste ouvrier cardeur devenu
don Diégo, l'aide-de-camp du vice-roi des
Indes, prouva dès les premiers jours que son
intelligence, son savoir-faire et ses brillantes
qualités étaient dignes de servir son illustre
frère.

Pour ce second voyage, quatorze caravelles
et trois caraques (bâtiments plus grands que
les premiers désignés) devaient faire partie de
l'escadre commandée par l'Amiral. Ce dernier
avait pu, utilisant ses premiers loisirs à son
arrivée, envoyer de sa chère cellule de la Rabida, aux Rois et au Pape qui l'approuva pleine-
ment, une ligne de démarcation pour les terres
à conquérir par le Portugal comme par l'Espagne; car Joam II faisait, lui aussi, des pré-
paratifs en conséquence. La main inspirée de
l'ambassadeur de Dieu indiqua si sûrement et
d'une façon si admirable les espaces en question, que l'Espagne eût possédé bien plus
qu'elle n'eut en réalité, si elle avait adopté
l'idée de Colomb. Une combinaison autre,

L'amiral, d'accord avec son équipage désespéré, fit successivement
quatre vœux... (Page 40.)

venant, bien entendu, du funeste Ferdinand et de ses odieux conseillers, lui enleva une partie des immenses parages qu'elle aurait eus sans cela.

Pour le second voyage de Découvertes, on eut à lutter contre la foule des esprits aventureux, assoifés d'or, qui voulaient aller coloniser à Hispañola; les superbes échantillons du précieux métal rapportés aux Rois par Colomb, la description publique des richesses à y exploiter et la fécondité du sol, tout contribuait à faire ruer sur l'escadre une masse turbulente et impérieuse. Parmi les compétiteurs se trouvaient des hidalgos s'imaginant qu'ils n'auraient qu'à recueillir sans peine des fortunes fabuleuses. Ils furent, hélas! la cause de bien des douleurs pour l'Amiral.

L'improbité des fournisseurs acceptés par les bureaux de la marine et favorisés par le néfaste Fonseca n'échappait pas au Vice-roi, et il dut lutter contre des livraisons défectueuses; mais la fraude parvint à les lui imposer, et il ne put que faire faire des provisions en vue de coloniser, de façon à importer à Hispañola plusieurs espèces d'animaux, entre autres des chevaux, qui y étaient totalement inconnus, et des porcs, dont il fit propager la race; des graines de céréales et des instruments y étaient joints.

A sa grande joie, le saint Navigateur emmenait son pieux ami le P. de Marchena, l'aimable sollicitude de la reine ayant tenu à le lui adjoindre en qualité d'astronome. Par contre, il avait, outre quelques autres religieux, le P. Boïl, courtisan aimé de Ferdinand, que le Roi avait eu la sacrilège audace de substituer au digne ecclésiastique du même nom désigné par le Saint-Siège comme vicaire apostolique. Impérieux, dur et entêté, ce Boïl devint vite l'ennemi de Colomb et l'un de ses détracteurs acharnés.

Le voyage se fit sans encombre et sans retards. Parti le 25 septembre 1493, le Vice-roi commandait la *Gracieuse Marie* et avait pris la Vierge comme protectrice de ce nouveau voyage. Le 3 novembre, on aperçut une île qui fut appelée par Colomb *la Dominique*, au milieu de la joie générale. Une autre reçut de lui le nom de *Gracieuse-Marie*. Plus loin, il baptisa celle qui était la plus étendue de ce groupe de terres *la Guadeloupe*, afin d'honorer par là Notre-Dame de Guadeloupe, en Espagne. Il était arrivé au cœur des repaires habités par les abominables cannibales; la Providence l'y avait amené tout droit, avec une précision prodigieuse.

L'envoyé du Christ put donc constater avec une tristesse mêlée d'horreur les preuves d'une férocité incessante; il eut le bonheur d'y délivrer d'infortunées prisonnières et de pauvres enfants captifs. L'île voisine, appelée par lui *Montserrat*, était inhabitée, toute charmante qu'elle était, les cruels Caraïbes ayant dévoré les malheureux qui y vivaient !

Ensuite, on vit successivement *Sainte-Marie de la Rotonde*, *Sainte-Marie l'Ancienne*, *Sainte-Croix*, *Sainte-Ursule;* puis une quarantaine d'îlots qui reçurent de Colomb le nom collectif des *Onze mille Vierges*. Ce fut, après, le tour de *Saint-Jean-Baptiste*. De là, l'ambassadeur de Dieu se dirigea vers Hispañola avec une assurance telle que, selon le Dr Chanco, médecin en chef de la flotte, « on alla, avec la grâce de Dieu et la science de l'Amiral, par une route aussi directe que si nous eussions suivi un chemin connu et frayé. »

L'arrivée fut assombrie par la constatation des funestes résultats dus à l'indiscipline et aux désordres qui en étaient résultés parmi les colons restés à Hispañola. Diégo de Arana et les quelques marins fidèles avaient été les victimes de la colère allumée dans le cœur des Indiens par les mauvais traitements que leur faisaient subir les Espagnols révoltés. Quelques Caciques s'unirent, à l'exception de Guacanagari, l'ami de Colomb, dont la résistance aboutit à une lutte sanglante dans laquelle il fut blessé et vaincu.

Après avoir constaté avec douleur ces tristes événements et avoir résisté au P. Boïl qui voyait en Guacanagari un traître qu'il voulait faire exécuter, le Vice-roi fit débarquer les colons et jeter, dans un endroit favorable, les fondements d'une ville que son respectueux attachement à sa Souveraine voulut appeler *Isabelle*. Les Indiens, d'abord défiants et craintifs, s'étaient rassurés en revoyant l'Amiral et aidaient avec empressement les travailleurs.

Malheureusement pour la colonie, les hidalgos, déconcertés de se voir condamnés à une existence tout autre que celle rêvée par leur orgueilleuse fainéantise et par leur ardente cupidité, se montrèrent vite mécontents, indisciplinés, et l'Amiral dut réprimer un complot tramé par eux; il en fit saisir le chef qu'il renvoya en Espagne.

Un fort, nommé *Saint-Thomas,* fut construit alors non loin d'une plaine merveilleuse que Colomb, saintement enthousiasmé, appela *l'Immaculée-Conception.* Pedro Margarit devint le commandant de la forteresse; mais, après le départ de Colomb, il se montra vite rebelle autant qu'ingrat.

Puis, confiant à don Diégo le commandement d'Hispañola, et le faisant aider par un conseil composé de gens capables et sérieux, le Vice-roi pourvut aux différentes nécessités de la colonie et repartit pour continuer ses découvertes. Il montait la *Niña*, qu'il appelait

alors la *Santa-Clara;* deux autres bâtiments
l'accompagnaient.

L'île enchanteresse de la Jamaïque s'offrit

Arrivé au moment où il présenta aux rois
les naïfs Indiens... (Page 45.)

bientôt à ses regards ravis. Une tempête terrible, telle qu'il s'en déchaîne dans les Tropi-
ques, lui fit courir ensuite de grands dangers,
et il y échappa pour parcourir des parages

aussi dangereux que charmants, qu'il appela *les Jardins de la Reine*. Malgré les récifs et les écueils, Colomb parcourut cet archipel avec un intérêt profond.

Des incidents tantôt bizarres, tantôt gracieux caractérisaient sa marche hardie. Une véritable armée de tortues vint se heurter aux flancs des navires, allant vers Cuba, où ces chéloniens avaient l'habitude de déposer leurs œufs dans le sable.

Des bandes d'oiseaux de diverses espèces traversaient parfois les airs. Une multitude immense de papillons aux mille couleurs vint ensuite s'ébattre à portée des navires; nuage bigarré tellement compact qu'il cachait les rayons du soleil. La pluie et la brise dispersèrent ces frêles et brillantes petites créatures.

Dans un arrêt où la sainte messe fut célébrée à terre, en action de grâces de la Protection divine, un vénérable Cacique, témoin de l'auguste cérémonie, dit ensuite à l'Amiral, par le moyen d'un interprète, ces paroles profondes et touchantes :

« Il est juste de rendre grâce à Dieu des

biens qu'Il nous accorde. J'ai appris que tu avais précédemment parcouru, avec ta puissance, ces contrées qui jusque-là t'étaient inconnues, répandant une grande frayeur parmi les populations ; mais ne t'enorgueillis pas de cela. Rappelle-toi, je te le recommande et je t'en prie, qu'au sortir du corps l'âme trouve deux routes : l'une conduisant à une demeure fétide et ténébreuse, préparée pour ceux qui ont désolé leurs semblables ; l'autre menant à un séjour délicieux et fortuné, disposé pour ceux qui pendant leur vie aimèrent la paix et la maintinrent parmi les hommes. Par conséquent, si tu te crois mortel et penses que chacun est rétribué selon ses œuvres, ne fais aucun mal à personne. »

Et lorsque l'ambassadeur de Dieu, tout ému, lui répondit en lui communiquant ses pieux desseins et ses projets de généreuse protection, le vieillard se prit à pleurer d'attendrissement.

Colomb songeait à se diriger vers les îles des Caraïbes et à y remplir le rôle d'un sévère justicier, mais la mystérieuse Providence ne le lui permit pas. Il tomba dans une léthargie provenant de ses fatigues excessives et prolongées lorsque la Force divine lui eut fait soudain défaut, ce que voyant, les pilotes, privés de sa ferme direction et constatant le mauvais état des navires, dirigèrent la flottille dans la direction d'Hispañola.

A Isabelle, l'Amiral revint à lui en entendant la voix chérie de son frère Barthélemy. Ce dernier, arrivé en son absence, aidait dõn Diégo à prodiguer des soins à leur illustre malade. Une missive de la Reine, la première de celles envoyées par l'Ancien Monde au Nouveau Continent, était bien nécessaire pour consoler Colomb des épreuves qu'il avait déjà subies et pour le fortifier contre celles qui l'attendaient à son retour. La grande Souveraine parlait à l'ambassadeur de Dieu avec tant d'estime, d'attachement, d'admiration et de gratitude, que le cœur de Colomb, ce cœur profond qui s'était privé par amour du devoir des joies sacrées de la famille, en fut doucement pénétré. On ne saurait assez admirer, disons-le ici, l'abnégation héroïque avec laquelle Colomb, ainsi que sa pieuse jeune femme, avaient immolé leur tendresse à la mission sublime d'envoyé du Christ. Cette lettre d'Isabelle fut donc une goutte de miel dans le calice d'amertume qu'il lui fallait épuiser.

... Car le père Boïl et divers mécontents, parmi lesquels était le coupable Pedro Margarit, rebelle à toute autorité et à toute règle, s'étaient emparés, en l'absence du Vice-roi, de quelques bâtiments et s'enfuirent lâchement en Espagne, traîtres au devoir assigné. Les Caciques, hors Guacanagari, toujours fidèle, s'étaient ligués contre les Espagnols devenus leurs tyrans et les avaient égorgés partout où ils avaient pu les surprendre. Colomb retrouvait donc la colonie mise à feu et à sang et se vit en face d'une masse sauvage exaspérée.

Il s'agissait de lutter contre 100,000 hommes et les troupes espagnoles se composaient de 200 soldats... La cavalerie était de 20 hommes ! Mais l'envoyé du Christ avait pour lui le Dieu des armées et, confiant à don Barthélemy le commandement de cette poignée d'hommes, il imita Moïse. Du haut d'une montagne voisine, il y combattit avec l'arme suprême de l'église militante : la Prière !

Le serviteur de la Vierge n'avait pas trop présumé de la bonté maternelle qu'il avait choisie pour avocate et le *Secours des chrétiens* agit sur la puissance brutale des nuées de flèches lancées par cinq mille archers d'élite contre la troupe de Colomb. La brise, servante soumise de Celle Qui S'appelle la Servante du Seigneur, s'éleva tout à coup avec une violence qui fit dévier les traits meurtriers et les faisait tomber au loin, inoffensives et vaincues par le Ciel. Devant cette force silencieuse qui dominait leur rage, les Indiens furent saisis d'effroi et se sauvèrent, flot humain refoulé par un geste de l'Immaculée. La Main délicate de la Femme par excellence triomphait là comme partout où Elle est invoquée et les Espagnols transportés d'admiration crièrent : « miracle » tout en se lançant sur l'ennemi débandé.

Cette victoire inouïe ne porte pas de nom humain. Elle s'est appelée et s'appelle *le Miracle des Flèches*, attestant la sainteté de l'ambassadeur de Dieu et la tendre protection de la Reine du ciel.

Pendant que Colomb se débattait contre les difficultés multiples entravant ses efforts de chaque jour pour rendre la colonie prospère, la Reine, influencée par l'implacable haine de Ferdinand et circonvenue par les calomnies des déserteurs d'Hispañola, se vit contrainte de faire faire une enquête sur les événements qui se passaient au loin. Elle députa vers Colomb Juan Aguado, obligé de l'Amiral, dans l'intention évidente d'être agréable à ce dernier, mais l'envoyé royal, connaissant les dispositions hostiles de Fonseca comme celles du Roi, fut des plus arrogants avec le Vice-roi une fois arrivé à Hispañola ; l'enquête faite par lui devint un vrai réquisitoire rempli de haine et bourré de calomnies.

Une tempête effroyable retarda le départ d'Aguado en bouleversant la mer comme l'île, disloquant et coulant les bâtiments en rade, sauf, chose étrange, la pauvre petite *Niña* (Santa Clara), quelque vieille et usée qu'elle était. L'Amiral la fit réparer pour son compte, tout en faisant faire à la hâte un navire pour Aguado, car il comprenait avec douleur combien il était important pour lui d'aller défendre en personne sa cause près de la Souveraine, harcelée par d'odieux propos.

En revenant en Espagne, la famine se fit sentir à bord du vaisseau de Colomb au point d'inspirer aux matelots l'atroce pensée de se défaire de trente Indiens à bord, amenés par l'apôtre du Nouveau Monde. Celui-ci eut un cri d'indignation sublime en apprenant leur dessein et il sut trouver de tels accents pour le flétrir qu'il en imposa aux égarés. Son annonce prophétique d'arrivée à un jour fixé par lui avec une précision prodigieuse fut accueillie avec une incrédulité qui se changea en stupeur et en admiration lorsqu'au moment désigné par l'ambassadeur de Dieu, le navire atteignit l'endroit qu'il avait désigné.

L'aspect seul de Colomb, si vénérable et si loyal, affermit la Reine dans sa confiance en lui. L'ignoble rapport d'Aguado fut repoussé par la noble Isabelle avec le mépris que méritait ce tissu d'infamies, et cette fois encore, les

Diégo de Arana et les quelques marins fidèles avaient été
les victimes... (Page 53.)

ennemis de l'envoyé du Christ durent dévorer leur rage haineuse. La reconnaissance de la pieuse Reine voulut alors s'affirmer d'une façon royalement généreuse par le don d'un immense territoire dont Colomb devait être le souverain, qu'il posséderait là où cela lui conviendrait et qui serait érigé en marquisat ou en duché, à son choix. Deux fois la Reine fit à Colomb cette offre superbe ; deux fois le saint Navigateur re-/fusa avec une fermeté pleine d'abnégation, ne voulant pas entraver sa mission d'en haut par les sollicitudes terrestres d'un domaine temporel. Son seul souci était d'organiser une troisième Expédition et il y parvint malgré les lenteurs calculées, les entraves et les intrigues de l'horrible Fonseca, instrument et complice de l'indigne Ferdinand. La patience persévérante, héroïque du Vice-roi sut triompher de tout et il partit avec trois caravelles, le 30 mai 1498, ayant mis ce troisième voyage sous la protection de la très sainte et très adorable Trinité.

Hélas ! avant de s'éloigner, Colomb avait dû subir les outrages immondes d'une créature de Fonseca ; Jimeno de Bribiesca, le Judas de ce temps, juif, officier... payeur, cela va sans dire pour les doigts crochus, calcula qu'il ferait son chemin en insultant l'envoyé du Christ. Le baiser de l'apôtre délateur se changea en un flot de paroles ignobles auxquelles l'Amiral, justement indigné, répondit par un châtiment. Sa main étendit cette boue vivante dans la poussière et un geste du pied compléta la punition méritée. La foule acclama l'acte justicier dont Bribiesca se targua ensuite comme victime d'une persécution brutale. L'histoire, à l'exemple de Colomb, repousse du pied cet être exécrable qui reste cloué au pilori du temps pour y entendre les huées séculaires, échos formidables de celles qui acclamèrent, nous l'avons dit, l'acte de justice émané de Colomb indignement outragé !

TROISIÈME VOYAGE

Un conte populaire nous montre un enfant semant sur sa route les signes indicateurs de la marche faite par lui. Celle de Colomb se signale par des prodiges de toute nature, des faits superbes de toute espèce. L'expédition qu'il venait d'entreprendre malgré les efforts de l'Enfer furieux allait lui faire découvrir le Nouveau-Monde, ce sol magnifique autant qu'immense, auquel il donna le nom inspiré de *Tierra de Gracia* (terre de grâce), malheureusement transformé en celui d'*Amérique* par les effets de la jalousie envieuse de Ferdinand, le protecteur d'Amerigo Vespucci, ce plagiaire grossier du saint Navigateur. Cette étiquette

commerciale remplaça effrontément la déno-
mination splendide qui faisait du Nouveau-
Monde une terre privilégiée. Il est triste de
constater que la bêtise ignorante de Martin
Waldsemuller, Suisse géographe résidant à
Saint-Dié, fit paraître une brochure célébrant
le Vespucci sans nommer Colomb, dont il sup-
primait l'existence... tout simplement! Pour
compléter sa sottise, ce funeste Waldsemuller
dédia son opuscule à un Guillaume quel-
conque, le qualifiant de « divin empereur d'Al-
lemagne ». Cette platitude contribua à égarer
l'opinion publique et à escamoter le vrai nom
du Nouveau-Monde, pour y substituer le so-
briquet actuel. Puissent les habitants de *la
Terre de Grâce* réagir contre cette erreur sécu-
laire et ressaisir leur gloire primitive.

Il fut rude, le troisième voyage! Une chaleur torride transformait ou détruisait les provisions. L'eau fut quasi-perdue, et l'on se lamentait sur une fin prochaine semblant inévi-
table, lorsque l'aspect de trois pics lointains
réunis sur une même base annonça le salut, en
faisant acclamer avec un enthousiasme plein

de joie l'emblème mystérieux de la Trinité. Ce nom sacré fut donné à cette île par Colomb, reconnaissant et fidèle à son vœu d'appeler ainsi la première terre découverte.

On arriva peu après devant une plage dont la magnificence était telle que l'ambassadeur de Dieu comprit que sa mission était terminée... C'était la Terre ferme! c'était le Nouveau-Monde!...

Des fleuves superbes se déchargeaient dans un golfe immense, le delta de l'Orénoque.

Après avoir fait prendre possession, le 1er août 1498, par le vertueux Pierre de Torreros, de *la Terre de Grâce*, et y avoir fait célébrer la sainte messe, Colomb, qu'une ophtalmie rendait alors quasi-aveugle et faisait cruellement souffrir, eut à lutter contre des courants terribles pour sortir du golfe et se diriger vers Hispañola. La prière lui obtint, comme toujours, la victoire et le salut. Trois îles furent appelées par lui *les Témoins*, en souvenir de cette assistance vraiment miraculeuse. Deux autres terres reçurent les noms, l'une de *la Conception*, l'autre de *l'Assomption.* Vint ensuite le tour de *la Marguerite*, bijou de la mer Océane.

Domptant ses souffrances, méprisant ses fatigues et s'opiniâtrant dans ses travaux sublimes, l'ambassadeur de Dieu constata dans ce voyage :

1° L'existence du Nouveau-Monde ;

2° Le renflement équatorial, déterminant ainsi la conformation exacte de la terre ;

3° Le grand courant océanique, ce fleuve de l'Océan ou courant équatorial ; on sut par lui que les eaux océaniques ont un mouvement comme celui des cieux, mais dissemblable à celui de la terre. De plus, sa ferme affirmation apprit à tous qu'un autre océan existait par delà le Nouveau-Monde.

Rien n'est caché pour les saints. Dieu rendait clairvoyante la vue intérieure de celui qui Le représentait, comme pour le dédommager par cette clarté divine de la torture endurée par les yeux de son corps souffrant et broyé.

Arrivé à Hispañola épuisé, l'Amiral dut, au lieu du repos espéré, du repos si nécessaire, redoubler d'activité et d'efforts pour faire face

L'amiral, justement indigné, répondit par un châtiment... (Page 65.)

à de nouveaux désordres survenus en son absence.

Don Barthélemy, que l'Histoire désigne le plus fréquemment sous le nom de *l'Adelantado*, officier de marine des plus distingués, administrateur des plus capables, chrétien des plus fervents, avait été chargé par son illustre frère de gouverner Hispañola. Son activité, sa prudence et sa fermeté eurent fort à faire pour maintenir la turbulence des hidalgos et venir à bout de leur paresse orgueilleuse; il sut se mettre en bons termes avec le grand Cacique Behechio et la gracieuse, la ravissante reine Anacoana, « la Fleur d'or », sœur du monarque indien. Cette femme, poète remarquable acclamée de ces vastes parages, avait vite compris les mérites de la civilisation et ne partageait pas la tristesse découragée des sauvages soumis à la domination des nouveaux venus. Elle contribua donc puissamment à faire bien accueillir l'Adelantado par le Cacique, et Behechio consentit, en retour de la protection espagnole le préservant des cannibales, à payer un tribut en nature, bien nécessaire pour une colonie naissante. Malheureusement, la violence brutale d'un colon blessa alors profondément l'orgueil d'un Cacique appelé Guarionex, et il en résulta une révolte partielle des Indiens. Don Barthélemy dut sévir, et tout allait être apaisé lorsque ce fut au tour des colons turbulents de faire les mutins. François Roldan, l'un des principaux, se constitua le chef des révoltés, encourageant les pillages, l'insubordination et l'anarchie. Ces désordres furent aggravés par une nouvelle révolte des Indiens.

C'est dans cette position terrible que Colomb retrouva ses vaillants frères, et toute sa bonté patiente travailla en vain pour décider Roldan à se soumettre. Pour comble de malheur, un certain Alonzo de Ojeda (créature de Fonseca, cela va sans dire) arriva après avoir été effrontément chercher, malgré la convention royale, de l'or et des esclaves dans les parages découverts. Il voulut s'adjoindre à Roldan et attaqua les colons travailleurs pacifiques pour les forcer à être des leurs.

Ce dernier coup acheva d'accabler le Vice-

5

roi, qui se voyait à la merci d'ennemis implacables. Une tristesse semblable à celle de son divin Maître au Jardin des Oliviers gagna alors son âme, saisie d'horreur devant ces coupables ingrats, ces rebelles orgueilleux. Il songea à se dérober par la fuite aux dangers qui menaçaient ses frères bien-aimés autant que·lui ; mais Dieu lisait dans son âme blessée et le martyr entendit, en ce jour du 25 décembre 1499, ces mots dits par une voix du ciel :

« O homme de peu de foi, relève-toi! Que crains-tu? Ne suis-Je pas là? Prends courage, ne t'abandonne pas à la tristesse et à la crainte : Je pourvoirai à tout. »

Et ce jour-là même, en effet, on apprit l'existence de magnifiques mines d'or nouvelles, ce qui changea les idées de Roldan lequel, craignant un rival dans Ojeda, jugea préférable de le repousser et de soumettre par la force les autres rebelles. Les Indiens mirent bas les armes et une vie de calme profond, de prospérité inouïe commença pour Hispañola.

Une lettre du Vice-roi, écrite au moment des troubles afin de solliciter de la Reine un juge capable et des religieux dévoués, permit malheureusement à Ferdinand de faire choisir par Isabelle, confiante en son époux et plus circonvenue que jamais par les ennemis de Colomb, un homme d'épée au lieu du magistrat que demandait le Vice-roi. François de Bobadilla, d'abominable mémoire, partit donc pour Hispañola comme commissaire royal chargé de faire une enquête contre les rebelles. Ce soidisant magistrat, instrument servile d'hommes indignes, trahit odieusement son mandat; car, loin d'exercer la justice, il se saisit successivement, par ruse, de don Diégo, de Colomb et de don Barthélemy, qu'il eut l'infamie de faire enchaîner, sans procès, dans des cachots, après avoir pillé la maison du Vice-roi et l'avoir dépouillé de tout!

Les mots nous manquent pour qualifier ces actes abominables. Ponce-Pilate dut en tressaillir de joie au fond de l'enfer, en y préparant la place de cet émule de ses crimes... Par contre, quels mots rendront dignement la sainte patience, le courage héroïque et la douceur inaltérable de l'ambassadeur de Dieu? Après avoir

eu les honneurs mérités d'un triomphe national, il se voyait traité en criminel par l'un de
ces Espagnols qu'il avait enrichis et dont il
avait doublé vingt fois et plus le territoire. Le
silence gardé par le Christ pendant Sa Passion
fut celui que garda Son envoyé pendant ces
tortures morales et physiques. *Autem tacebat.*
Colomb ne parla qu'à Dieu, et il est certain
que sa sainte bonté intercéda surtout pour ses
bourreaux.

Renvoyé avec ses frères en Espagne, il y arriva entouré du respect attendri autant qu'indigné des officiers qui l'y conduisaient et qui
voulurent inutilement l'alléger de ses fers. Le
martyr avait refusé, jugeant dans sa justice
austère, dans son respect profond de l'autorité,
que les Souverains seuls avaient le pouvoir de
faire ôter ces chaînes mises en leur nom.

Isabelle avertie par une pieuse amie à laquelle le Vice-roi avait écrit dès son arrivée,
resta confondue, partagée qu'elle était entre la
douleur et l'indignation ! Des ordres empressés
firent tomber les fers du martyr comme celles
de ses frères et Colomb, appelé à la cour, s'y

rendit avec eux. La Reine ne se contenta pas de l'honorer publiquement. Dans une audience particulière elle fit plus et mieux en pleurant sur lui et avec lui. Ces larmes sacrées furent un baume pour le cœur du héros persécuté et l'on ne peut se figurer cette double émotion d'un ange et d'un saint sans se sentir délicieusement ému. Isabelle avait noblement racheté sa défaillance à l'égard de Colomb, changement passager amené par des influences néfastes.

L'enquête faite par l'abominable Bobadilla qui avait interrogé l'écume de la population pour accumuler d'horribles calomnies (sauf toutefois, détail remarquable, celles relatives à la chasteté), cette enquête immonde fut anéantie par la noble colère d'Isabelle.

— Hélas! les racontars mensongers avaient fait leur œuvre en Espagne et autant il s'était trouvé de gens empressés à vouloir aller coloniser à Hispañola au voyage précédent, autant on se trouva dénué d'offres de ce genre pour le quatrième voyage que l'envoyé du Christ méditait de faire. On en fut réduit à recruter des colons parmi les gens tarés et même parmi les criminels auxquels des avantages exceptionnels furent offerts dans ce but.

Bobadilla avait été immédiatement destitué, cela va sans dire, mais pour le remplacer, l'astucieux Ferdinand sut faire accepter par la Reine comme gouverneur soi-disant provisoire d'Hispañola Nicolas d'Ovando, ami de Fonseca, ce qui le rendait par là même ennemi mortel de l'ambassadeur de Dieu. L'évêque-ordonnateur de la marine triomphait. Sa lenteur systématique avait fait place à une activité de hanneton. En six mois il organisa une flottille de trente-quatre navires, alors que pour les expéditions du Vice-roi des années s'écoulaient sans rien terminer ! Colomb, tranquille et doux, ne songeait pas à se blesser de ce choquant contraste. Le génie ne plaît pas à la médiocrité vaniteuse et les nullités, furieuses, se vengent sur lui de n'être nommées dans l'histoire que pour servir de repoussoir au mérite. Le nom d'Ovando s'ajoute donc à ceux de Ferdinand, de Fonseca, de Bobadilla, d'Aguado, de Bribiesca et de Vespucci pour faire briller

la sainteté de Colomb d'un éclat plus radieux
et plus pur !

Le tendre dévouement de don Barthélemy

Il sut se mettre en bons termes avec la gracieuse,
la ravissante reine Anacoana... (Page 72.)

lui fit suivre son illustre frère. Colomb avait
soixante-six ans et sa longue carrière de glorieuses fatigues, de périls incessants et de tor-

tures morales auxquelles étaient venues souvent s'ajouter des tortures physiques, avait affaibli son corps sans parvenir à abattre son âme. Celle-ci planait toujours dans les purs horizons de la prière, saintement avide d'accroître ses mérites par des services nouveaux. Ce quatrième voyage, organisé avec une ardeur superbe par l'ambassadeur de Dieu, allait être fait cette fois, non-seulement pour l'Espagne, mais pour l'humanité tout entière. Devenu de plus en plus semblable au Christ, Colomb voulait vivre, agir, souffrir et mourir pour elle !

QUATRIÈME VOYAGE

Ce fut avec quatre navires que le Vice-roi des Indes entreprit cette nouvelle et dernière Expédition. Il les fit approvisionner pour deux ans, voulant cette fois faire le tour du globe, car à l'endroit où se trouve la langue de terre devenue si célèbre, cet isthme de Panama qui sépare les deux grands océans, Colomb croyait y trouver un détroit lui permettant de passer et de faire le premier un voyage de circumnavigation.

Pour des dangers exceptionnels, il faut des hommes d'élite. On juge donc du soin avec lequel l'Amiral choisit ses équipages et ses officiers. Deux d'entre ces derniers lui furent imposés par Fonseca et, bien entendu, c'étaient deux nullités arrogantes de qui vinrent les troubles dont souffrit Colomb plus tard. Ils se nommaient de Porras et étaient frères. L'un d'eux, François, dut être subi par le Vice-roi comme capitaine de navire. Les autres, heureusement, étaient de braves gens et de nobles cœurs.

L'Amiral montait *la Capitane*. *Le Saint-Jacques de Palos* était, hélas ! commandé par Porras. *Le Galicien* eut pour capitaine le pieux Pierre de Terreros, et *la Biscaïenne*, la plus petite des caravelles, fut confiée à Barthélemy Fieschi, officier des plus distingués, doué de grandes perfections, d'après le dire de Christophe Colomb lui-même. Cette caravelle, Tom-Pouce maritime, étant destinée à fureter et à servir d'éclaireur, besogne délicate et dangereuse, eut la bonne fortune d'avoir à son bord le Père Alexandre, pieux Religieux franciscain, le seul que l'Amiral ait pu obtenir pour accompagner l'escadrille.

Ce fut encore en mai que Colomb partit, et cette fois encore ce fut au nom de la très sainte

Trinité. Au moment du départ, il s'était dirigé avec une ardeur toute sainte, malgré un vent contraire, vers Arcilla, forteresse portugaise, afin de la secourir contre les Maures qui l'attaquaient. La vue des caravelles espagnoles mit en fuite les mécréants, déjà vigoureusement repoussés par la brave garnison.

Le voyage fut d'abord bon et même aussi rapide que le permettaient les défauts du *Galicien*. Ce navire était lourd, mal fait et avait retardé parfois la marche des autres bâtiments; de plus, il était facilement en danger dès que la mer était houleuse. L'Amiral se dirigea donc vers Hispañola, afin d'y demander à Ovando de remplacer à ses frais *le Galicien* par un vaisseau meilleur, chose fort importante pour une expédition longue et périlleuse. Le capitaine de Terreros fut envoyé vers le gouverneur par Colomb, afin de lui expliquer la nécessité de cette mesure; il demanda, en outre, au nom du Vice-roi, la permission de se mettre en sûreté dans le port, l'Amiral prévoyant une tempête violente et prochaine.

Quelle ne fut pas l'indignation du bienfaiteur de l'Espagne en voyant Terreros lui apporter une réponse doublement négative ! Devant cette ingratitude, cette insolence et cette bassesse, ou plutôt cette absence de cœur, l'ambassadeur de Dieu éprouva une angoisse pleine d'amertume. Sa charité inépuisable domina cependant tous les sentiments autres et il renvoya Terreros vers Ovando pour lui dire, après avoir protesté contre sa double cruauté, qu'au moins il profitât de l'avertissement relatif à la tempête pour ne pas laisser sortir l'escadre qui se préparait à rentrer en Espagne, car l'ouragan exercerait ses ravages sur une vaste étendue ; qu'il gardât donc la flotte dans le port pendant huit jours.

Les hommes coupables sont aveuglés par leurs passions. Ceux d'Hispañola méprisèrent la charité prophétique de l'ambassadeur de Dieu et, raillant sa communication, étrange vu la sérénité du temps et la beauté de l'atmosphère, ils persistèrent dans les idées de départ.

Cette flotte orgueilleuse recélait des richesses vraiment fabuleuses. Elle portait les immenses tributs royaux, entre autres cent mille besants d'or fondu et marqué, force gros grains d'or natif et enfin une pépite monstrueuse pesant à elle seule trois mille six cents.

Les anciens rebelles, gorgés de trésors, s'en allaient jouir de leurs richesses iniques récoltées dans le sang et les larmes des Indiens torturés par eux. Roldan et Bobadilla faisaient partie de cette horde cupide. Hélas ! le premier acte d'autorité de ce dernier ayant été de donner à tous la permission d'exploiter librement les mines précieuses, les passions déchaînées s'étaient ruées à la recherche de cet or convoité par elles et ç'avait été le signal d'un despotisme abominable asservissant les infortunés Indiens et les transformant en bêtes de somme autant qu'en esclaves méprisés.

Tous ces riches criminels partaient gaiement, étalant avec effronterie le fruit de leurs rapines et s'applaudissant du résultat de leurs infamies... Ils avaient oublié le Dieu de Colomb ! *La Mer Ténébreuse* se chargea de les en faire ressouvenir. Les ordres de la Justice divine, lasse d'être outragée, avaient été reçus par les puissances d'en bas. Celles-ci, tressaillantes d'une joie funèbre, étaient à leur poste, guettant le départ de cette escadre chargée d'or coupablement acquis et de criminels impénitents. Elles attendaient, immobiles et sournoises, les griffes étendues, prêtes à saisir leurs proies...

On part. Quel temps admirable ! La traversée sera belle. Comme on s'amusera là-bas ! Certes, on se rira de la justice de la Reine, car on possède assez d'or pour soudoyer les magistrats, et d'ailleurs, le Roi ne protège-t-il pas toujours les ennemis de Colomb ? Celui-ci parlait d'une tempête... Quelle aberration ! et comme on avait bien fait d'écarter du pouvoir ce Mentor sévère qui traitait les brutes d'Indiens en hommes...

A huit lieues en mer, la brise tombe. Que signifie cela ? Voilà que le ciel s'obscurcit, que tout prend un aspect morne et farouche... Les rires s'éteignent, les propos joyeux cessent d'être échangés. Un malheur est dans l'air... une catastrophe, peut-être !

Ah ! si l'on pouvait rentrer au port ? Impossible, hélas ! les voiles pendent aux vergues

François de Bobadilla, d'abominable mémoire, partit donc
pour Hispañola... (Page 75.)

comme des linceuls prêts à les envelopper...
Dieu ! si l'Amiral avait dit vrai...

Oui, il a dit vrai ! *La Mer Ténébreuse* entre
en scène. De ses mains furieuses, elle lance les
unes contre les autres des avalanches de vagues
formidables qui, tantôt fracassent les navires
en se ruant contre eux avec une violence irré-
sistible, tantôt les frappent les uns contre les
autres, se plaisant à les faire s'entrebriser. Les
rugissements des flots triomphants dominent
les cris de terreur et les lamentations désespé-
rées. C'est en vain qu'officiers et matelots
luttent contre la tourmente. L'élément déchaîné étreint et enserre sa proie dont il se
raille comme d'un jouet d'enfant. Dans ce désastre inouï, dans cette journée justicière, deux
ou trois navires seuls échappèrent à la tempête.
Les témoins désignés par Dieu pour attester
les faits étaient de ceux qui étaient pauvres et
obscurs. Parmi eux était Rodrigo de Bastidas,
le seul hidalgo de la flotte échappé au désastre,
homme honnête qui avait été l'une des victimes de la méchanceté tyrannique de Bobadilla.

Un seul bâtiment, *l'Aguja* (l'Aiguille), quoique petit et délabré, fut épargné par l'ouragan et put continuer sa route. Il arriva seul en Espagne pour y apprendre la catastrophe effroyable à laquelle il avait échappé par miracle. Il portait quatre mille pesos, la seule richesse de l'Amiral. Cette préservation significative soulignait l'intention divine. La tempête intelligente avait distingué ce qu'elle avait ordre de respecter et justifiait la vérité du doux problème : « Ce que Dieu garde est bien gardé. »

L'escadrille était également la preuve péremptoire de la justesse de cet axiome. Colomb, réfugié avec ses vaisseaux dans un port voisin, vit ses bâtiments entraînés au large; mais le calme leur permit de revenir près de lui et, après avoir réparé les avaries occasionnées par la tourmente, il continua ses courageuses explorations.

Ce fut un coup terrible pour l'Espagne que d'apprendre le malheur arrivé. La Reine blâma sévèrement Ovando de sa dureté pour l'Amiral et de son mépris pour l'avertissement donné par lui. Le Roi se lamenta sur ses trésors perdus, la grosse pépite comprise.

Revenons à Colomb et suivons-le dans sa course devenue crucifiante. Enorgueillie par son triomphe sur l'escadre, la *Mer Ténébreuse* luttait avec son vainqueur, et le temps, devenu aussi mauvais qu'étrange, consternait les marins. Quant à l'ambassadeur de Dieu, calme et ferme, il persistait dans son dessein et cherchait le détroit désiré. Il avait avec lui, pour ce voyage, son second fils, don Fernando (l'aîné, don Diégo, était resté à la cour, au service de la Reine). Le tendre et indomptable dévouement de ce fils chéri sut adoucir les épreuves cruelles du héros martyr et faire briller à ses yeux, dans ce voyage suprême, les vertus les plus aimables comme les qualités les plus brillantes.

Si l'enfant était à une telle hauteur morale, que dire du père dont l'attitude à la fois simple et majestueuse révélait le génie qui s'ignore ? Sa physionomie dépeignait son âme. Ses yeux étaient le reflet d'une bonté sans bornes, d'une charité sans limites ; ils montraient ce qu'est l'intelligence de la vertu. Cet homme incomparable, modèle de ce que devraient être les gens de mer, était constamment attentif à remplir son devoir de chef chrétien, et par là même, à commander en encourageant ses subordonnés au bien. Jamais une parole grossière ni blessante ne s'échappa de ses lèvres ; jamais un jurement ni une expression violente ne furent proférés par lui. « Par saint Ferdinand ! » s'écriait-il parfois seulement. Cette exclamation était une invocation ; elle démontre ce qu'était Colomb. Ses facultés d'ouïe, de vue, de goût, d'odorat et de toucher étaient d'une délicatesse et d'une justesse admirables. Sa blanche chevelure couronnait son large front en le nimbant d'une auréole prophétique, auréole que l'Église transformera, espérons-le, en couronne lumineuse d'une sainteté reconnue. Sa santé, longtemps robuste, s'était brisée peu à peu sous le coup des fatigues incessantes, des labeurs formidables que recherchait son énergie pleine de foi. Il connaissait la grandeur comme la sainteté de sa mission ; car, disons-le, de toute manière la découverte du Nouveau-Monde est un bienfait de l'Église, des hommes d'Église et d'une Reine, vraie fille de l'Église. Colomb fut leur mandataire dès qu'ils reconnurent en lui l'ambassadeur de Dieu, l'envoyé providentiel du Christ. Si donc Colomb multiplia les marques de sa foi par les plantations de croix faites solennellement sur chaque rivage découvert, en les accompagnant de prières ardentes et de démonstrations pieuses, et cela avec la ferveur d'un saint, c'est qu'il a voulu reconnaître et faire reconnaître la royauté sociale du Christ et proclamer ainsi hautement la croyance de son siècle et celle de tous les siècles chrétiens.

En ce temps déplorable où des sectes perverses et impies luttent contre cette Royauté divine et refusent au Maître des rois et des peuples l'hommage qui Lui est dû, honorons en Colomb l'apôtre de l'Église, agissant par l'Église et pour l'Église, malgré les haines, l'envie, les passions humaines et la rage de l'Enfer !

Oui, elle était rude, la tâche du Révélateur du globe, alors surtout que les éléments révoltés luttaient contre sa marche opiniâtre, dans ce voyage suprême qui allait mettre le sceau des

Après avoir eu les honneurs mérités d'un triomphe national, il se voyait traité en criminel... (Page 76.)

douleurs suprêmes sur sa vertu surhumaine. Les souffrances de la maladie s'ajoutaient aux peines extérieures. La goutte et les rhumatismes le torturaient incessamment, sans jamais pouvoir abattre ni sa patience, ni son énergie. Continuant sa route quand même, il arriva non loin du golfe de l'Honduras, où l'Adelantado alla reconnaître le terrain et ramena avec lui une grande chaloupe remplie d'Indiens; ceux-ci furent reçus et traités avec une bonté généreuse par l'Amiral. Plus loin, on aperçut des sauvages tatoués, d'autres avec des étoffes bariolées. Dans des parages plus éloignés encore étaient des hommes complètement nus, aux traits hideux, aux yeux féroces : c'étaient des anthropophages, qui ajoutaient à leur effroyable nourriture la chair de poissons crus.

Ces intéressantes observations étaient faites au prix de dangers toujours grandissants, car les tempêtes ne donnaient presque pas de relâche aux infortunées caravelles. Les équipages désespérés se croyaient sans cesse à leur dernier moment et s'étaient préparés à la mort en se confessant les uns aux autres. Le P. Alexandre avait donné aux marins de la *Biscaïenne* les derniers sacrements. Tant de secousses physiques et morales le firent succomber! Il mourut épuisé, glorieuse victime de son zèle et de sa foi. C'est un fils de saint François d'Assise qui fut le premier martyr appartenant à la *Tierra de Gracia*, et qui intercéda le premier pour elle le divin Maître.

La perte d'une embarcation pleine de marins, arrivée peu après, désola le cœur excellent de l'Amiral! Une halte nécessaire dans un port charmant permit aux malheureux de se refaire et de se réparer avant de poursuivre leur terrible expédition. Ils eurent alors la vue d'une délicieuse curiosité de la nature, provenant d'îles aux ombrages superbes, dont les dômes entrelacés formaient des arcades grandioses sous lesquelles passaient facilement les navires. Chemin faisant, le Vice-roi faisait faire des échanges de grelots, sonnettes, verroteries et autres babioles avec les indigènes, contre divers objets en or, et tous les Indiens désignaient *Veragua* comme un endroit exceptionnellement riche, d'où leur provenaient ces choses précieuses.

Désespérant enfin de trouver le détroit qui lui aurait permis de faire son voyage de cir-

cumnavigation, Colomb se décida à visiter les
mines d'or indiquées. Pour y arriver, il lui
fallut livrer une véritable bataille aux éléments,
plus furieux que jamais. L'Enfer semblait en-
tourer de toutes parts les malheureuses caravelles, éblouissant les yeux des marins par des
éclairs incessants, suffoquant leurs poitrines
par une chaleur indicible, changeant les nuages
en masses sanglantes et les flots en nappes d'un
rouge sinistre qui bouillonnaient comme une
lave infernale issue de l'abîme. L'aspect de ce
ciel et de cette mer ainsi transformés dura,
le croirait-on? vingt-et-un jours consécutifs.
Vingt-quatre heures durant, il sembla aux
équipages qu'ils respiraient du feu!

Toute horrible qu'était cette existence, elle
devait empirer encore...

Alors qu'agonisant de douleur, Colomb, le
messager du Verbe, râlait sur son lit de souffrances, un cri déchirant perça soudain son
cœur d'apôtre. R'ouvrant ses yeux éteints, il
regarda, soulevé sur sa couche, et vit... horreur !

Il vit une masse hideuse, sous forme d'une

nuée monstrueuse et ondulante, descendre vers la mer qui se tordait en se dressant, comme une hydre perfidement avide de caresses; et ces deux abominations, se rejoignant en un clin d'œil, confondirent leurs masses, formant un X infernal qui tournoyait frénétiquement. Sifflante et gigantesque, la monstruosité mouvante s'approchait des caravelles...

C'était un de ces redoutables « typhons » encore inconnus des gens de mer d'alors, et dont l'approche fait pâlir les plus braves !

... A cette vue, Colomb galvanisé s'élance sur le pont de son navire. Là, sur son ordre, des cierges bénits brillent dans les fanaux. Lui, ceint de son épée ainsi que de son cordon de Saint-François, cette arme de la foi pénitente, la main tenant le saint Évangile, fit entendre au typhon rugissant les Paroles divines qui proclament la vérité du Verbe, Lumière, Vie et Salut.

L'Esprit-Saint avait inspiré cet Évangile. Il inspira l'envoyé du Christ qui le proclamait.

... Car un ordre impérieux sort de la bouche qui a célébré la divinité du Verbe. Afin d'attester la toute-puissance du Maître suprême, l'ambassadeur de Dieu signifie au cyclone de respecter les enfants de Dieu portant la Croix au loin. Un cercle est alors hardiment tracé par son glaive, et, miracle foudroyant de grandeur et de bonté! la monstruosité marine, soudain disloquée, passa vaincue entre les navires inondés par ses vagues rugissantes et disparut au loin, repoussée par la Main divine Qui S'étendait, chargée de bénédictions, vers les chrétiens qui L'avaient implorée...

. . . . ,

Un calme profond avait succédé à la tempête. Il permit aux malheureux équipages de respirer avant de continuer leur épuisant voyage. Des privations de toute nature ajoutaient à leurs épreuves. Ils en étaient réduits à manger du biscuit saturé de vers... Colomb partageait avec eux, sans une plainte, ces infects aliments.

En janvier, on put atteindre Veragua. On était alors en 1503. La population, guerrière et soupçonneuse, ne fut pas longue à devenir hostile, malgré la joie causée par les présents

L'élément déchaîné étreint et enserre sa proie dont il se raille...
(Page 88.)

du Vice-roi. Ce dernier, constatant les richesses immenses du pays, voulut installer une factorerie à l'embouchure de la rivière s'appelant comme les mines. C'est alors que commença le rôle héroïque d'un écuyer de l'Amiral, nommé Diégo Mendez. Ce digne serviteur du saint ambassadeur de Dieu avait autant de vertus solides que de belles et nobles qualités. Vigilant et ferme, il sut découvrir, puis déjouer les complots des sauvages, aidant l'Adelantado qui commandait la factorerie, à repousser les attaques du *quibian*, titre du chef indien ennemi : tous deux surent électriser les marins de l'établissement et, par des prodiges de valeur, repousser leurs sauvages agresseurs. A leur grand chagrin, une barque envoyée par l'Amiral pour aller aux provisions fut attaquée et son équipage presque complètement détruit.

Colomb, douloureusement inquiet d'être sans nouvelles de son frère et de la factorerie, sentit ses angoisses s'accroître en ne voyant pas revenir la chaloupe qu'il attendait, hélas! vainement. Un matelot, Pedro de Ledesma, eut alors le courage d'aller à terre, et les nouvelles lugubres qu'il en rapporta anéantirent l'infortuné Amiral. Brisé par tant d'épreuves, Colomb regarda au loin, dans l'espérance de voir arriver du secours... Rien !... Personne !... Le martyr se sentit alors écrasé ! Son âme gémissante souffrait sans relâche, même lorsque le sommeil l'enveloppa de ses voiles. Ce fut alors qu'il entendit une Voix pleine de compassion lui dire ces paroles sublimes :

« O insensé ! lent à croire et à servir ton Dieu, le Dieu de tous les hommes ! Que fit-Il de plus pour Moïse ou pour David, Son serviteur ? Dès ta naissance, Il prit toujours le plus grand soin de toi ; lorsqu'Il te vit parvenu à l'âge fixé dans Ses desseins, Il fit merveilleusement retentir ton nom sur la terre. Les Indes, cette si riche portion de l'univers, Il te les a données comme tiennes ; tu les as distribuées comme il t'a plu, et, en cela, Il t'a transféré Son pouvoir. Il t'a donné les clefs des barrières de la mer Océane, fermées jusque-là de chaînes si fortes ! On obéit à tes ordres dans d'immenses contrées, et tu as acquis une renommée glorieuse parmi les chré-

6.

tiens! Que fit-Il de plus pour le peuple d'Israël,
lorsqu'Il le tira d'Égypte, et pour David même,
qui de simple pasteur devint un roi puissant de
Judée? Rentre en toi-même, reconnais enfin
ton erreur : la miséricorde du Seigneur est in-
finie; ta vieillesse ne fera pas obstacle aux
grandes choses que tu dois accomplir. Le Seigneur tient en Ses mains des héritages de longues années. Abraham n'avait-il pas plus de
cent ans lorsqu'il engendra Isaac? Et Sarah
elle-même était-elle jeune? Réponds, qui t'a
tant et si souvent affligé? Est-ce Dieu ou le
monde? Dieu maintient toujours les privilèges
qu'Il a accordés et ne fausse jamais Ses pro-
messes. Le service une fois rendu, Il ne dit
point que l'on n'a pas suivi Ses intentions et
qu'Il l'entendait d'une autre manière; Il ne
martyrise pas, afin de prouver Sa puissance. Il
suit l'esprit de la lettre. Tout ce qu'Il promet,
Il le tient, et même au delà. N'est-ce pas Son
usage? Voilà ce que le Créateur a fait pour toi
et ce qu'Il fera pour tous. Montre maintenant
la récompense des fatigues et des périls que tu
as essuyés en servant les autres. »

« J'étais, dit Colomb, comme à demi-mort en entendant tout cela ; mais je ne sus trouver aucune réponse à des paroles si vraies ; je ne pus que pleurer mes erreurs. Celui Qui me parlait, quel qu'Il fût, termina en disant :

« Ne crains pas ; prends confiance ; toutes ces tribulations demeurent gravées sur le marbre, et ce n'est pas sans raison. »

O beauté de la souffrance, nécessité du martyre ! Le voilà révélé, ce secret de l'avidité étrange avec laquelle les chrétiens persécutés recherchaient les tortures, les bourreaux et la mort ! La voix mystérieuse du Crucifié les conviait à partager Ses tourments, et ils s'étendaient sur les chevalets comme sur des lits de roses, semant leur sang à la volée dans les sillons de l'Église pour y faire naître de nouveaux martyrs. A l'heure présente, la persécution des âmes sévit, plus horrible encore que celle des païens ! mais le Christ l'a dit : les *Portes* de l'Enfer, c'est-à-dire ces Puissances effroyables des ténèbres extérieures, ne prévaudront pas, et il suffira peut-être du souffle d'un petit enfant en prière pour dissiper la tourmente so-

ciale et faire luire le soleil de justice Qui semble
voilé aujourd'hui.

. . . . , ...

Reconnaissant l'impossibilité de maintenir
une factorerie dans ces parages, Colomb rap-
pela les marins du *Galicien*, et Diégo Mendez
se montra incomparable d'activité pour opérer
le retour de ces infortunés vers la flottille, car
leur bâtiment était complètement hors de service. Il put également ramener et sauver tout
ce que contenaient le vaisseau et la factorerie,
restant le dernier sur la rive, pour être sûr que
tout était terminé. Le Vice-roi le reçut avec une
tendresse ravie, le remercia en public après
l'avoir embrassé tout paternellement; et la juste
récompense du noble Mendez fut de devenir
capitaine de pavillon de l'Amiral et commandant de la *Capitane*. Le courageux Ledesma
fut nommé officier.'

Reparties de ces lieux funestes mais glorieux,
car l'héroïsme et le dévouement y avaient brillé
d'un vif éclat, les caravelles se mirent en route
pour Hispañola. Leurs voiles usées, trouées;
leurs carènes abîmées et percées de trous ren-

Un cercle est hardiment tracé par son glaive... (Page 97.)

daient le retour à la colonie des plus urgents.
Hélas! la tempête implacable éclata de nouveau, furieuse, acharnée. La *Biscaïenne* dut
être abandonnée, et son équipage passa sur les
deux autres bâtiments. Colomb, qui voulait
encore explorer ces parages, fut contraint alors
à se diriger vers le nord. L'ouragan l'assaillit
de telle sorte que le *Saint-Jacques-de-Palos* fut
jeté sur la *Capitane* dont il fracassa la poupe,
ce qui abîma le haut de son avant. Des voies
d'eau forcèrent les marins à un travail assidu,
et, la tempête recommençant de plus belle, les
navires durent s'échouer dans un port admirable que l'Amiral avait déjà visité et qu'il avait
appelé *Santa Gloria*, en l'honneur de la magnificence déployée par le Créateur Tout-
Puissant. Ce port faisait partie de l'île de la
Jamaïque.

L'admirable dévouement de Diégo Mendez
brilla alors d'un nouvel éclat. Après avoir sollicité et obtenu de l'Amiral attendri la permission d'aller chercher de quoi ravitailler les
équipages, le brave capitaine de pavillon sut
remplir sa mission avec autant de bonheur que

de constance. Grâce à lui, des échanges réguliers procurèrent aux Espagnols une nourriture suffisante, en donnant aux Indiens les objets dont ils étaient avides; et ce service signalé fut noblement reconnu par le Vice-roi qui remercia et embrassa solennellement Diégo Mendez, en le signalant avec bonheur à la gratitude et à l'admiration des équipages.

La sage prévoyance de Colomb lui fit alors songer à tirer de cette île sauvage les équipages des navires naufragés. Il songea donc à écrire aux Rois afin de leur faire savoir la position critique où se trouvaient les Espagnols, et, avec une foi candide, une foi à laquelle le Christ ne sait pas résister, il écrivit cette missive projetée, y déclarant qu'elle ne pouvait parvenir que par miracle.

Le miracle se fit...

Car la lettre existe, épanchement du génie malheureux, effusion de sa sainteté. La grande âme de Colomb s'y peint tout entière. Après avoir sollicité pour ses marins la générosité bienveillante des Rois, au sujet de leur solde arriérée et de ce qui leur est nécessaire, l'ambassadeur de Dieu parle, avec une majesté empreinte de mélancolie, des injustices commises, et, avec une dignité pleine de réserve, de l'idée sublime relative à la délivrance de la Terre-Sainte! L'abattement perce dans ses paroles, car il sait que les yeux haineux de Fonseca souilleront ces pages de leur regard vipérin... Il n'en continue pas moins ses revendications courageuses, déclarant que ce que lui, Colomb, réclame comme son dû, est la part de Dieu Lui-même. Alors, jetant un coup d'œil profond sur sa destinée, il la prend en pitié avec un accent inénarrable! Écoutons-le :

« J'ai pleuré jusqu'à présent sur les autres. Maintenant, que le Ciel me fasse miséricorde et que la terre pleure sur moi! Qu'il pleure sur moi, celui qui aime la charité, la vérité et la justice! »

Chaque fois que se relit cette apostrophe grandiose d'un martyr faisant appel aux saints futurs, les bourreaux de Colomb doivent sentir redoubler le feu ardent qui les dévore...

. . . .

Personne parmi les Indiens les plus aventureux ne consentit à porter la dépêche de l'Amiral à Hispañola. Tous se sentirent terrifiés à la seule idée de faire un tel trajet contre les courants et les vents opposés.

Les hardis païens reculaient. Un chrétien s'avança.

Interrogé par le Vice-roi, Diégo Mendez avait offert sa vie aussi simplement qu'elle lui était demandée. Le conseil d'officiers consulté s'était tu, épouvanté, lorsque l'Amiral lui avait soumis la proposition. Mendez renouvela son offre, tranquille et ferme, et seul dans un canot il partit, se confiant en Dieu.

Saisi en route par un groupe d'Indiens auxquels il n'échappa que par miracle et revenu près du Vice-roi, il se préparait à repartir lorsque son persévérant héroïsme enthousiasma les Espagnols. Le capitaine Barthélemy Fieschi voulut aller avec lui pour rapporter à l'Amiral des nouvelles de son arrivée à Hispañola. Quelques marins demandèrent à suivre Mendez et Fieschi pour les protéger contre les sauvages. Un autre canot devint nécessaire pour emmener les douze hommes acceptés par

7

eux. Dix Indiens montèrent dans chaque canot comme rameurs. Ils s'éloignèrent, escortés de loin par l'Adelantado commandant un détachement et des larmes s'échappèrent à flots des yeux de tous lorsque les voyageurs prirent le large après avoir longé la côte.

Durant cette navigation inouïe, la chaleur, puis la soif, firent cruellement souffrir la courageuse petite troupe. Au moment de périr, une observation inspirée du pieux Mendez les sauva en leur permettant d'aborder la petite île de Navasa, où de l'eau de pluie était restée dans les creux des rochers. Le capitaine du pavillon en remercia Dieu avec ferveur. Ils purent, grâce à cette onde bienfaisante, non-seulement se désaltérer, mais renouveler leurs provisions d'eau et gagner le cap Saint-Michel (cap Tiburon). Là, les habitants hospitaliers leur donnèrent des vivres et, après un repos de deux jours, Mendez, remplaçant par six autres rameurs les premiers Indiens épuisés, repartit pour Saint-Domingue, dont il était encore à cent trente lieues. Au port d'Azua, il se renseigna et apprit qu'Ovando était à Xaragua;

c'était un voyage à terre de cinquante lieues à
parcourir. Il n'hésita pas et partit, traversant

Brisé par tant d'épreuves, Colomb regarda au loin, dans l'espérance
de voir arriver du secours... (Page 101).

avec le même calme courage, la même foi
confiante, tribus hostiles, rivières impétueuses
et forêts semées d'obstacles, franchissant les

montagnes hautaines et soutenu par un dévouement dont le souvenir arrache des larmes
à tous ceux qui sont épris des hauts faits et ad-
mirateurs de l'amitié chrétienne, ce reflet splendide de l'amour divin ! Le courageux Fieschi,
qui voulait repartir, dut rester et attendre
Mendez, personne ne consentant à refaire avec
lui un aussi terrible voyage.

Après le départ des canots, l'odieux François
de Porras, cette créature du haineux Fonseca,
sut si bien indisposer les esprits des naufragés,
qu'une révolte lui fit entraîner au loin une partie des équipages. Cette bande commit toutes
sortes d'excès pendant que l'Amiral, resté seul
avec les officiers fidèles et les malades, fit briller sa bonté pleine de sollicitude en consolant
et soignant lui-même les malheureux qui se
lamentaient, craignant d'être abandonnés.

Les noirs mensonges débités par Porras et
sa troupe indisposèrent bientôt les Indiens
contre Colomb et les siens, au point de leur
refuser la subsistance promise. Devant ce nouveau malheur, l'Amiral eut recours à son arme
bien-aimée : la Prière ! et ce fut en s'appuyant

sur un phénomène de la nature, une éclipse de lune sur le point de se produire, que l'idée de l'annoncer aux sauvages vint avec persistance frapper son esprit absorbé. Dieu daignait lui indiquer ainsi, par une lumière intérieure, le moyen de tirer de peine les infortunés sur le point de mourir d'inanition.

Lorsque l'Amiral, ayant assemblé les Indiens, leur annonça avec précision ce qui allait se passer après leur avoir reproché leur cruel manque de parole, il rencontra des incrédules dont les rires accueillirent ses déclarations...

... Mais quand la lune se montra sanglante et obscurcie, les esprits forts s'épouvantèrent. Effarés et criant ils vinrent, munis de vivres, vers les caravelles implorer la protection du saint Navigateur près de son Dieu et promettre l'obéissance aux conventions faites. Dès lors, ils respectèrent Celui Que Colomb priait.

Après dix mois d'attente, les marins guéris grâce aux soins charitables de Colomb (la Bonté divine leur ayant rendu la santé avec une rapidité surnaturelle), ces marins, disons-nous, se laissèrent influencer par le médecin du bord

Bernal qui haïssait le saint Navigateur, car il ne pouvait tolérer son immixtion au sujet des soins et des médicaments. Un complot s'organisa pour tenter un départ après avoir assassiné le Vice-roi. La vue d'un navire qui s'approchait empêcha cette infamie d'être mise à exécution, et pour expliquer cette apparition tardive, il nous faut revenir à Hispañola et voir ce qui s'y était passé.

Ovando, en digne émissaire de l'abominable Fonseca et de l'horrible Ferdinand, avait accueilli Mendez avec une politesse qui cachait sa haine comme le feuillage dissimule le reptile. Habile à trouver des prétextes et à susciter des retards, il força le brave officier à s'immobiliser près de lui, et c'est ainsi que Mendez dut assister, quoique saisi d'horreur, à une scène infernale qui classe Ovando parmi les malfaiteurs les plus célèbres par leurs forfaits.

Des délateurs avaient osé formuler des accusations mensongères concernant la belle Reine Anacoana. Celle-ci, dont l'époux, le Cacique Caonabo, s'était révolté et était mort prisonnier, avait été dès le premier instant franche-

Ils purent, grâce à cette onde bienfaisante, non seulement
se désaltérer... (Page 110.)

ment favorable aux Espagnols. Nous avons déjà dit que, grâce à son aimable influence, le Roi Behechio, son frère, s'était allié avec l'Adelantado. Après la mort de ce frère « la Fleur d'or » gouvernait paisiblement ses sujets dont elle était l'idole. Elle accueillit, avec sa bonne grâce habituelle le nouveau Gouverneur, mais celui-ci, dominé par ses noirs soupçons, l'attira, elle et les principaux Caciques et grands seigneurs indigènes, à une prétendue fête pendant laquelle il fit saisir l'infortunée Souveraine qui fut emprisonnée puis pendue sans jugement ! Les Indiens de haute race, d'abord torturés, furent brûlés, ainsi que Xaragua, cendres et ruines succédant aux chants harmonieux et à la joie innocente...

Après ces horribles exécutions, le bourreau d'Anacoana consentit alors seulement à laisser Mendez aller à Saint-Domingue. Lorsque l'on sut là que sept mois s'étaient écoulés sans que le Gouverneur ait rien fait pour le bienfaiteur de l'Espagne, l'indignation fut générale, car la bonté du Vice-roi était appréciée par les colons. Les Franciscains parlèrent haut et ferme, tant et si bien qu'Ovando, faisant un effort suprême, expédia à Santa - Gloria un petit brigantin, mais en ayant bien soin de le faire commander par un ennemi acharné de Colomb, lequel était officier de terre et non de mer.

Les « provisions » envoyées par le *généreux* bourreau d'Anacoana consistaient en :

Une *moitié* de porc salé...

Plus *un* baril de vin !...

Cet amoncellement de victuaille et de liquide était destiné à *cent trente hommes !*

Malgré l'insolence et les mauvais procédés de Diégo de Escobar, le commandant du brigantin, ce traître, ce révolté dut remporter une dépêche du Vice-roi au Gouverneur et les naufragés attendirent dès lors avec confiance un secours devenu certain. Sur ces entrefaites, assaillis par Porras et sa bande, ils en triomphèrent grâce à l'Adelantado qui fit des prouesses de géant; la soumission des révoltés et l'emprisonnement de Porras terminèrent cette lutte fratricide. Lorsqu'arrivèrent les deux caravelles envoyées d'Hispañola, l'une par le dévoué Mendez, l'autre par Ovando qui, forcé d'agir par la population, s'était exécuté tout en maugréant, Colomb et ses équipages s'éloignèrent enfin de Santa-Gloria. L'actif Mendez, lui, voguait vers l'Espagne pour remettre les dépêches du Vice-roi à la grande Isabelle.

Ce qu'avait franchi le capitaine de Pavillon en *quatre jours*, dans un canot, avec des rameurs, dut être parcouru en *plus d'un mois* par l'Amiral et ses navires, comme pour souligner le miracle accordé au porteur des dépêches écrites par l'ambassadeur de Dieu.

Quelle amertume pour Colomb que son séjour à Saint-Domingue, malgré l'empressement respectueux de la population ! La haine d'Ovando, quoique masquée de politesse, sut prodiguer au bienfaiteur de l'Espagne les procédés indignes et les injustices criantes en délivrant Porras sans enquête et en parlant de faire arrêter les défenseurs du Vice-roi. Hélas ! plus que ces basses persécutions, les traitements barbares infligés aux Indiens meurtrissaient le grand cœur de Colomb. Traqués sans relâche, traités en bêtes fauves, les malheureux indigènes avaient remplacé leurs chansons

Pendant que l'amiral, resté seul avec les officiers fidèles et les malades...
(Page 112.)

naïves par des gémissements douloureux. Leur
mort suppliciée était vue d'un œil tranquille
par l'infâme Ovando... Pauvres enfants des
forêts! eux pour qui l'envoyé du Christ
avait rêvé le Salut et le Ciel, ils expiraient,
sombres et désespérés, en maudissant, non
seulement leurs bourreaux, mais encore la
religion que pratiquaient de tels monstres!

Colomb avait donc hâte de fuir cet enfer co-
lonial où il assistait, impuissant, à des barba-
ries journalières. Il avait également hâte de
regagner l'Espagne, car une nouvelle sinistre
avait frappé son cœur comme un glaive acéré.
La Reine était malade, très malade! Certains
affirmaient que ses jours étaient comptés!...
Oh! revoir une fois encore cette pieuse Isabelle, âme de la Découverte; ce bon ange de
l'Espagne! Cela, Colomb le voulait avec cette
puissance d'énergie qui lui avait fait faire
constamment des prodiges. En un mois, il fit
donc terminer les travaux maritimes néces-
saires au départ. Il s'éloigna d'Hispañola avec
deux navires nolisés à ses frais, emmenant,
avec sa charité habituelle, les marins coupa-

bles qui voulaient être rapatriés, et auxquels il accorda l'hospitalité à bord.

Quel retour! Un des navires, bientôt désemparé, dut rentrer à Saint-Domingue. L'Amiral continua intépidement sa route sur l'autre bâtiment. La mer eut beau se révolter et se montrer terrible; il la brava, tout paralysé qu'il était par ses douleurs rhumatismales revenues. Il fit plus de sept cents lieues sans mâts, l'ouragan les ayant brisés dès le début du voyage, et il put arriver en novembre, malgré la *Mer Ténébreuse*. « C'était, dit-il, par la permission de Dieu. » Car son âme torturée se lamentait plus haut encore que la tourmente, se disant sans cesse avec une douleur immense : « Je veux revoir la Reine! »

Pauvre Isabelle! le mal l'avait brisée, elle aussi. Elle put cependant, grâce à sa force de volonté, voir et interroger Mendez lorsqu'il arriva, muni de sa précieuse dépêche. Instruite par lui des horreurs qui se commettaient avec la protection de l'impitoyable Ovando, elle en fut transportée d'indignation! Elle voulait sévir... Dieu S'en chargea. Elle ne put que ré-

compenser Mendez en lui conférant la noblesse, des lettres patentes et des armoiries
glorieusement significatives...

Puis elle défaillit et dut s'aliter.

Alors que l'Amiral arrivait à San Lucar et se
traînait avec mille peines jusqu'à Séville, la
pieuse Souveraine était à l'agonie! Sa mort,
reflet ravissant de sa chaste vie, fut celle d'un
ange qui retourne vers la céleste Patrie; et le
26 novembre, à l'heure de l'*Angelus*, l'âme
d'Isabelle la Catholique quittait la terre pour
le Ciel!

Réunissez toutes les pures tendresses, tous
les attachements sacrés; ceux où le respect en-
veloppe une amitié incomparable de la délicatesse la plus exquise comme du dévouement le
plus absolu, et vous n'aurez encore qu'une
faible idée de ce qu'éprouva le saint Navigateur
lorsqu'il apprit la fatale nouvelle qui rendait
la Castille orpheline.

Elle avait disparu, la perle de l'Eglise! Elle
était morte, la chrétienne de génie qui, sauf
dans une défaillance passagère causée par des
influences fatales et des calomnies éhontées,

avait été pour le Révélateur du globe un appui ferme et vaillant, une amie incomparable, une Souveraine modèle. Ce fut une douleur rappelant celle du Christ alors qu'Il gémit l'*Eli, Eli, lamma sabacthani!*

Ce n'était pas tout pour le Vice-roi que de perdre Isabelle ! Ferdinand allait changer chaque minute de l'existence du saint génie en tortures morales savamment appliquées.

...Et ce fut dès lors une suite ininterrompue de souffrances intérieures pour Colomb qui, systématiquement rebuté dans ses justes réclamations par le silence ou les paroles banales, se vit constamment éconduit, traité avec une politesse dérisoire... Finalement, Ferdinand osa lui faire faire la proposition de renoncer à la Vice-royauté, à ses droits et à son gouvernement, en échange d'un domaine en Espagne et d'une pension sur la cassette royale!...

L'ambassadeur de Dieu avait donné à ce Roi indigne des terres d'une étendue inouïe, d'une richesse merveilleuse et d'une fertilité admirable... Ferdinand l'en récompensait par l'ingratitude, la trahison, la haine et l'insulte suprême d'une offre railleuse voulant lui imposer une déchéance aussi injuste que honteuse.

Pour ceux qui ont compris la sainte nature de Colomb, ils devinent quelle fut sa réponse : un silence digne et fier, seul langage d'un mépris qui se respecte.

Il n'était pas même indemnisé de ce qui lui était dû, ce génie infortuné! Sa gêne, devenue profonde, était telle qu'il ne pouvait parfois solder sa note à l'auberge. Malgré cela, sa bonté, s'acharnant à rendre le bien pour le mal, le portait à s'endetter pour secourir les marins qui recouraient à lui, ces mêmes hommes qui avaient voulu l'assassiner! Quel excès plus sublime peut atteindre la vertu la plus transcendante?

Sans une plainte, sans un reproche, l'ambassadeur de Dieu se mourait lentement, torturé par une triple douleur : la mort d'Isabelle, la non-réalisation de son projet de délivrance du Saint-Sépulcre, et la tyrannie aussi féroce que sanglante exercée sur ses enfants des îles, ces pauvres Indiens qui l'aimaient si naïvement, si sincèrement, et dont il chérissait les âmes avec cette ardeur qui caractérise les saints. Sa pau-

Elle put cependant, grâce à sa force de volonté, voir
et interroger Mendez. (Page 121.)

vreté lui infligeait, en outre, des déchirements

de cœur que comprendront les âmes charitables. Ne pouvoir donner à l'offrande de l'Église, ne pouvoir donner aux pauvres comme il eût tant aimé à le faire, c'était une dure épreuve pour la nature généreuse de Colomb. Il ne regrettait ni les dignités, ni les honneurs, ni la pompe accompagnant les hautes positions. Il était au-dessus de ces vanités-là, certes! Mais être dans l'impuissance de secourir les indigents, de manifester son amour dévoué pour l'Église, voilà ce qui affligeait sa bonté et sa foi.

C'est ainsi qu'il descendit peu à peu vers la tombe. Alité à Valladolid, il voyait avec sérénité les progrès de sa destruction, et jamais il ne sembla plus grand que dans les derniers jours de son adversité suprême, dénué de tout, mais riche, oh! immensément riche des trésors de la Grâce divine.

« Dénué de tout », avons-nous dit... Nous nous trompons! Ses chaînes ornaient les murs de sa chambre d'auberge... ces chaînes, la seule récompense reçue de l'Espagne pour tant de bienfaits, tant de travaux et tant de dévouement infatigable! Ah! ces fers, il avait raison d'y ténir et de les aimer, car ils étaient le symbole du martyre, le souvenir de la cruauté, les preuves de l'ingratitude, et Dieu allait lui en donner le prix pour l'éternité.

Dans son esprit toujours lucide et ferme, il songea à ces trésors de la douleur. Sa bonté délicatement charitable lui fit comprendre que les laisser à ses enfants qui l'entouraient, tout en pleurs, avec ses officiers fidèles et ses pieux amis les Franciscains, c'était perpétuer en leur mémoire la peine amère d'une pensée condamnant l'ingratitude royale; il demanda donc qu'on les ensevelît avec lui, et il emporta dans la tombe ces reliques qui, il faut l'espérer, orneront bientôt l'autel au-dessus duquel brillera sa sainte image.

Revêtu de l'habit du tiers-ordre de Saint-François, le Vice-roi des Indes, humble et recueilli, épancha son cœur dans ceux des bien-aimés qui l'entouraient. Après ce dernier bienfait d'une sainte tendresse, il se confessa, désireux de se purifier une fois encore, afin de mieux paraître devant son Seigneur. Il sollicita ensuite l'adorable Eucharistie, cette nourriture

de l'âme dont il était plus saintement affamé
que jamais. Son misérable grabat d'emprunt
ressemblait tellement à la crèche de Bethléem
que Jésus dut sourire en entrant là et Se trouver vraiment chez Lui. Oh! quelle paix pour le
héros-martyr d'être pauvre, et par cela même
enrichi par le Ciel !

Muni du Pain des Anges, il demanda
l'Extrême-Onction. Sa belle intelligence, lim-
pide comme le pur éther d'en haut, suivait les
prières suprêmes et s'y associait avec amour,
ne voulant rien dérober aux transes de l'agonie
et chérissant avec vaillance cette douleur dernière. Ce fut à midi, comme la grande Isabelle,
que l'envoyé du Christ se sentit appelé par le
bon Maître : « Mon Dieu! dit-il alors, je re-
mets mon âme entre Vos Mains. »

Et après ces paroles, proférées sur le Cal-
vaire par le Roi des martyrs et répétées avec
bonheur par Son infatigable serviteur, Christophe Colomb expira.

C'était le jour de l'Ascension, le 20 mai 1506.

Les fidèles Franciscains inhumèrent pieuse-
ment leur saint ami dans leur église, après une

modeste cérémonie mortuaire..., puis le silence se fit et le martyre posthume de Colomb subit pendant de longues années le supplice de l'injustice acharnée, de l'erreur triomphante et de la médiocrité au pinacle. *La Terre de Grâce* fut affublée du nom d'*Amérique ;* Fonseca devint patriarche des Indes ; Ferdinand, victorieux d'un génie qui gênait et humiliait sa vanité aussi féroce qu'imbécile, donna la mesure de ce qu'il était en épousant une jeune princesse frivole et coquette pour mieux montrer sa dégradation morale, son infidélité scandaleuse à la mémoire sacrée d'Isabelle la Catholique...

La vengeance de Colomb fut digne de lui. Sa réponse céleste aux outrages d'ici-bas fut un bienfait.

Car la croix plantée par lui sur une colline surnommée bientôt *la Sainte-Colline* (Santo-Cerro), croix au pied de laquelle il allait prier chaque soir lorsqu'il était dans l'île, fut vite célèbre en raison des miracles qu'elle opérait. Surnommée *la Vraie Croix* et entourée de la vénération publique, elle fut en butte à la rage des Indiens qui, lui attribuant le

triomphe de la domination espagnole; voulurent la faire tomber après l'avoir déchaussée;
dans ce but, ils s'attelèrent au nombre de plusieurs centaines aux bras de la croix. N'ayant
pu y parvenir, ils allumèrent un feu immense
autour du pied et l'y entretinrent avec activité
et persistance. Lorsque le torrent de flammes
s'éteignit enfin, ils virent avec une stupéfaction
mélangée de terreur *la Vraie Croix* intacte.
Un point noir à la base attestait seul le pro-
dige du danger écarté, ainsi que la conserva-
tion miraculeuse. Dès lors, le bois sacré devint
l'objet d'un respect profond chez les sauvages
comme chez les Espagnols. Un double miracle
particulier à *la Vraie Croix* fut constaté pendant soixante ans environ : *l'incorruptibilité*
du bois dans un pays où les brusques variations
de l'extrême chaleur à la grande humidité pour-
rissent vite les bois ordinaires, et la *reconstitu-*
tion de ce bois sans cesse entaillé par la pieuse
indiscrétion des pèlerins. Un sacrilège commis
après ce laps de temps fit cesser le miracle de
la reconstitution ; celui de l'incorruptibilité se
continua. L'archevêque de Saint-Domingue,

voyant alors *la Vraie Croix* diminuer d'une façon inquiétante, la fit mettre dans un reliquaire et apporter à la cathédrale.

Lors du terrible tremblement de terre qui dévasta ce beau pays, on remarqua avec admiration que la chapelle où l'on conservait *la Vraie Croix* resta seule debout, tandis que la cathédrale s'écroulait; de plus, les amis de Colomb, les pieux Franciscains, quoiqu'ensevelis sous les décombres de leur église, ne furent ni blessés, ni même contusionnés; leur couvent de Saint-François fut le seul qui restât debout après la catastrophe... Or, il contenait un fragment de *la Vraie Croix*. Enfin, tous ceux des habitants qui portaient sur eux une parcelle de ce bois miraculeux furent préservés, quoiqu'ayant été comme tous les autres ensevelis sous les ruines de leurs demeures.

Hélas! les révolutions ont fait perdre de vue le reliquaire contenant *la Vraie Croix*. Notre ferme espérance est que Dieu le fera retrouver lorsque l'église nous aura fait acclamer la sainteté de Colomb.

Après les calomnies et l'erreur était venu

l'oubli. L'ingrate humanité ne se ressouvint de l'ambassadeur de Dieu qu'en voyant apparaître quelques livres écrits tour à tour par des protestants, c'est-à-dire avec un esprit de secte et un parti pris qui dénaturaient systématiquement le caractère et les actions de ce génie catholique. Il fallut l'avènement du Pape de l'Immaculée Conception pour faire enfin briller la divine vérité sur le serviteur ayant honoré publiquement l'Immaculée Conception. Pie IX, le premier Souverain Pontife qui ait été dans le Nouveau-Monde, enjoignit formellement au savant et pieux auteur de *la Croix dans les Deux Mondes* d'écrire l'histoire de Christophe Colomb.

La publication de cet ouvrage merveilleux fut une révélation éblouissante ! Grâce à l'illustre écrivain catholique, une pure étoile brillait soudain dans le ciel de l'histoire avec des irradiations incomparables. Le pèlerinage de la vénérable reine Marie-Amélie aux ruines de la Rabida sauva d'une destruction complète ces souvenirs sacrés d'un passé superbe. Bientôt, le nom du Messager du Verbe retentit dans

Et après ces paroles, Christophe Colomb expira... (Page 128.)

le monde entier. Comme pour Jeanne d'Arc,
ce fut le réveil du lion. La noble reine d'Espagne, Isabelle II au nom prédestiné, parla
publiquement de Colomb dans un discours de
la couronne ; c'était la première Souveraine
donnant ce bel exemple !

Dès lors, un pieux enthousiasme fit battre
les cœurs. Par les soins assidus de M. le comte
Roselly de Lorgues, consenti par Pie IX
comme Postulateur de la cause de Colomb,
plus de neuf cents évêques signèrent le Postu-
latum demandant la canonisation de celui
qu'ils proclament un grand serviteur de Dieu.

Léon XIII, animé d'une admirable ardeur
pour cette cause merveilleuse, daignera, nous
en avons la douce confiance, exaucer les vœux
de l'Église catholique et faire monter sur les
autels le chrétien humble et dévoué, le génie
dont la bonté sublime n'a d'égale que l'intrépidité pleine de foi. Il donnera à l'Église qui
souffre et qui pleure la joie incomparable d'acclamer le Messager du Christ, l'homme annoncé
par les prophètes et désigné par Isaïe, celui
dont le saint patron portait prophétiquement

Jésus tenant dans la main le Nouveau-Monde, l'homme au nom prodigieux qui symbolise l'Esprit Divin, celui qui traversa la vie, constamment docile à l'inspiration d'En-Haut et qui alla, armé du labarum, chercher et sauver les âmes.

Ah ! qu'il sera beau d'entendre la voix du Vicaire de Jésus-Christ proclamant les vertus de l'envoyé du Christ, retentir dans les deux mondes et dire le premier cette ardente invocation qui mettra au front du héros-martyr le rayon de la sainteté éternelle ! A côté de cette merveille réalisée, qu'est la chimère décevante de la République universelle ? Non, non ! nous aurons plus et mieux. L'humanité unie en un seul troupeau, sous un seul pasteur, se rassemblera autour du trône de l'Agneau Eucharistique. Les nations des deux continents s'uniront pour permettre aux âmes de s'embrasser à Saint-Pierre de Rome sous la bénédiction du Vicaire de Jésus-Christ, de celui-là même qui aura proclamé la sainteté de Christophe Colomb !

FIN

1792 — A PROPOS DE 1892

LES MARTYRS DE SEPTEMBRE

Par le R. P. DELBREL, de la Compagnie de Jésus

Avec **une lettre-préface de Mgr d'HULST**,

RECTEUR DE L'INSTITUT CATHOLIQUE DE PARIS

Un joli volume in-18 jésus. Prix : 1 fr. 25, franco

« Le récit que vous publiez, dit *Mgr d'Hulst dans son admirable Lettre-Préface*, n'est pas une œuvre de guerre. Il ne s'agit pas d'attiser les ressentiments ni de perpétuer les rancunes. Il s'agit d'apprendre aux chrétiens d'aujourd'hui comment les disciples du Christ doivent se comporter dans les jours mauvais; comment, au lendemain d'une longue prospérité, quand les âmes se sont amollies au contact des richesses et du bien-être, elles peuvent se ressaisir en face du devoir et retrouver au fond d'elles-mêmes les semences endormies des vertus sublimes qui triomphent du mal par le bien et de la haine par l'amour.

» ... Ce sont ces exemples de fermeté dans le sacrifice, c'est la charité et le pardon, ce sont toutes les vertus évangéliques de ces hommes de Dieu que vous faites apparaître dans vos pages pour l'instruction, pour l'édification du clergé contemporain.

» Je n'ai rien à ajouter à de telles leçons. Mais, gardiens des restes glorieux de ces martyrs, j'ai voulu, mon Révérend Père, vous exprimer la reconnaissance que m'inspire votre belle et opportune publication. L'Université catholique de Paris a été installée dans ce vieux couvent des Carmes qui fut l'une des prisons de 1792, l'un des principaux théâtres des événements que vous racontez. Le culte barbare de l'alignement a fait disparaître en 1867, au fond du jardin des anciens moines, l'oratoire où s'étaient réfugiés plusieurs prêtres au moment du massacre et le puits où leurs corps furent précipités pêle-mêle avec des cadavres d'animaux. Mais la crypte de notre église, restaurée par les soins de Mgr Darboy, a reçu leurs ossements; les dalles de l'Oratoire détruit y sont déposées et le regard ému y discerne encore les taches rousses que le sang des martyrs y a laissées. On peut, comme il y a cent ans, se rendre de l'église au jardin en passant sur ce *perron des victimes* qui vit défiler, un à un, deux évêques et cent dix-huit prêtres promis à la mort. Dans une des cellules qu'occupent aujourd'hui nos étudiants ecclésiastiques, chacun peut voir encore la silhouette sanglante des deux épées que la main lassée des égorgeurs avait appuyées contre la muraille. Trop de liens nous rattachent aux souvenirs que vous évoquez pour qu'il nous soit permis de rester indifférents à l'œuvre fortifiante dont je salue en vous l'auteur. »

LES SAINTS DE L'ARCHIDIOCÈSE DE BORDEAUX

VIE ILLUSTRÉE DE SAINT FORT

Premier Évêque de Bordeaux et Martyr

Un très joli volume in-12 ill. de 144 pages, papier fort et beaux caractères. **Couverture illustrée,** *ornée d'un beau portrait du Martyr. Cet ouvrage renferme* **15 belles illustrations** *qui reproduisent les principaux faits de la vie du saint.*

Prix : **1** *fr. ; franco :* **1** *fr.* **25**

Par le R. P. MONIQUET

DE LA COMPAGNIE DE JÉSUS

Cette monographie du premier Évêque de Bordeaux ouvre la série des Saints qui ont illustré l'Archidiocèse, et dont l'auteur se propose de donner la vie au public. Toutes ces monographies auront la même étendue, environ 150 pages, et seront pareillement illustrées.

Ces Vies ont leur place marquée dans toutes les bibliothèques religieuses, et spécialement dans celles du diocèse. Comme elles ont pour but de raviver la mémoire des Saints qui furent nos Pères dans la foi, quoi de plus utile que de les répandre, à une époque surtout qui a tant de traits de ressemblance avec la leur !

S'il y a un saint qui soit vraiment populaire à Bordeaux et dans tout le diocèse, c'est bien celui qui eut l'honneur d'être son premier évêque et eut la gloire de verser son sang pour cette foi chrétienne qu'il avait embrassée si généreusement et prêchée avec tant d'ardeur. Tout Bordelais aura à cœur de lire la *Vie de Saint Fort* qu'il a appris à vénérer et à aimer dès son enfance. Les écoles et pensionnats chrétiens du diocèse ne sauraient donner en Prix un livre plus précieux et plus cher à tout cœur bordelais. Et les diocèses étrangers au nôtre voudront faire connaissance avec notre premier Evêque et Martyr.

ÉMILE COLIN — IMPRIMERIE DE LAGNY

TABLE DES MATIÈRES

ÉMILE COLIN — IMPRIMERIE DE LAGNY

et réel profit par les personnes de tout âge et de toute condition. Garcia Moreno, avec son noble caractère, sera apprécié de tous; comme le génie, l'héroïsme est de tous les temps et de toutes les patries.

LES MARTYRS DE CASTELFIDARDO

15e ÉDITION

Par le Marquis DE SÉGUR

Un fort vol. in-8 illustré par F. BOUISSET

Prix . . . . . 3 fr. 50 (couverture illustrée)

Cet ouvrage est l'un de ceux qui sont destinés à faire le plus grand bien à la jeunesse catholique, capable de comprendre et d'admirer le dévouement à la plus noble des causes d'ici-bas : celle du Vicaire de Jésus-Christ. Cette cause n'est-elle pas trop oubliée de l'égoïsme contemporain, et la génération actuelle n'est-elle pas exposée à accepter comme *fait accompli* les plus indignes et les plus sacrilèges spoliations?

Nécessairement, ces trop courtes biographies des héroïques défenseurs du Pape offrent des points de ressemblance; c'est la même foi, le même enthousiasme qui les enlève à leur famille; c'est la même fin, la gloire du martyre, qui les attend, qui les couronne.

Mais Dieu, admirable en toutes ses voies, a fait naître ces nobles champions de l'Eglise dans des conditions bien diverses, et, selon le langage de l'Ecriture, a traité *cum magna reverentia* des caractères très différents, quoique transportés par les mêmes aspirations. Les paroles, les lettres citées par le narrateur révèlent cette admirable diversité parmi les plus belles fleurs du parterre de la sainteté chrétienne.

L'ouvrage montre d'abord les zouaves héroïques dans la mort, au combat de Castelfidardo, ensuite les zouaves non moins héroïques dans les souffrances de leurs blessures mortelles, les enlevant quelques jours ou quelques semaines après la sanglante journée.

Dans un magnifique chapitre : *les Mères des martyrs*, le marquis de Ségur parcourt tous les âges de l'Eglise, montrant les mères chrétiennes marchant à la suite de la Reine des martyrs. Les mères des martyrs de Castelfidardo sont dignes de leurs devancières. « Quelles âmes! quelles chrétiennes! s'exclamait Pie IX, devant La Moricière. Non, la France ne périra pas! Il est impossible que la foi catholique s'éteigne dans une nation qui produit de telles saintes! »

www.ingramcontent.com/pod-product-compliance
Lightning Source LLC
Chambersburg PA
CBHW071229260626
47162CB00004B/1480